潮来舟唄
小料理のどか屋 人情帖35
JN067634
郎
時代小説
二見時代小説文庫

潮来(いたこ)舟唄——小料理のどか屋 人情帖35

目次

第一章　蒸し鮑と豆腐飯　7
第二章　茸づくし膳　31
第三章　千部振舞　55
第四章　潮来の客　84
第五章　餡巻きと鳴門巻き　109
第六章　鯉汁と蕎麦水団汁　132

第七章　益吉屋（ますきちや）開店　165
第八章　鰻（うなぎ）食べくらべ膳　189
第九章　月夜の舟唄　214
第十章　含（ふく）め煮（に）とみぞれ煮　238
終　章　朗報つづき　262

潮来舟唄　小料理のどか屋 人情帖35・主な登場人物

時吉……のどか屋の主。元は大和梨川藩の侍・磯貝徳右衛門。長吉屋の花板も務める。

おちよ……大おかみとしてのどか屋を切り盛りする時吉の女房。父は時吉の師匠、長吉。

千吉……祖父長吉、父時吉の下で板前修業を積んだ「のどか屋」の二代目。

およう……縁あって千吉の嫁となり、三代目の万吉を産んだのどか屋の「若おかみ」。

長吉……「長吉屋」を営む古参の料理人。「吉」名乗りの弟子を全国に送り出した。

信兵衛……のどか屋の他にも旅籠を営み、長屋も持つ元締め。のどか屋に通う常連。

大橋季川……季川は俳号。のどか屋の常連中の常連、おちよの俳諧の師匠でもある。

幸右衛門……主に千吉が料理の案を出した書物「料理春秋」の版元、書肆灯屋の主。

益吉……潮来から長吉屋に修業に来ていた若者。傷口から毒が入り落命してしまった。

寅吉……兄益吉の遺志を継いだ長吉屋での修業を終え、故郷潮来で見世を持つことに。

丑松……潮来の新久に住む寅吉の父親。

富助……潮来で屋根葺き職人をしている丑松の兄。

吉松……丑松の十三歳の三男。寅吉のすぐ下の弟。

安東満三郎……隠密仕事をする黒四組のかしら。甘いものに目がない、のどか屋の常連。

筒堂出羽守良友……大和梨川藩主。筒井堂之進を名乗り、お忍びでのどか屋に顔を出す。

第一章　蒸し鮑と豆腐飯

一

いい風が吹いている。

横山町の旅籠付き小料理のどか屋は、中食を終えて中休みに入っていた。

「はい、お水ね」

見世の横手にある小さな祠の前に、大おかみのおちよが椀を置いた。

「いっぱい呑んでね」

若おかみのおようが和す。

祠に祀られているのは石像だが、ただのお地蔵さまではなかった。その手は招き猫のかたちをしていた。

のどか屋の守り神だった初代のどかを祀る猫地蔵だ。

茶白の縞模様の猫で、いまは初代の生まれ変わりと言われる二代目のどかがいる。

「みんないるから、寂しくないわね」

おちよが笑みを浮かべて祠の横のほうへ目をやった。

「いまごろは一緒に遊んでるでしょう」

おようがしみじみとした口調で言った。

祠からいくらか離れたところに木の墓標が立っている。

のどか、その子の「ちの」。

それに、もう一本、まだ木の若い墓標が加わっていた。

そこには、こう記されていた。

しょう

二

体の具合が思わしくなかった黒猫のしょうは、この夏を越すことができなかった。

残念だが、致し方ない。

しょうの母で、尻尾だけ縞模様のある青い目の白猫のゆきは、どうにか夏を越して秋を迎えた。もうかなりの老齢だが気張って生きている。

いくたびもお産をしたゆきは、同じ柄(がら)の子を産む二代目のどかと違って、さまざまな色と柄の子を産んだ。しょうの弟で、白と黒と銀の縞模様の毛並みが美しい小太郎(こたろう)もそうだ。

二代目のどかの子のふくも雄猫だ。しょうが逝(い)っても、のどか屋にはまだほかに何匹も猫がいた。のどか屋は一に小料理屋、二に旅籠、三は猫屋と言われるほどで、初代のどかから猫を欠かしたことがない。

なかには子猫もいた。生後三カ月ほどで、ほかの猫より小さい。

これも二代目のどかの子で、ふくの弟になる。のどか屋の猫は福猫だというもっぱらの評判だから、もらい手にはさほど困らない。

二代目のどかは、今年は五匹の子を産んだ。そのうちの一匹は残念ながら死んでしまったが、残る四匹は順調に育った。

二カ月ほど経って猫らしくなったところで、三匹はかねての約(やく)があったところにもらわれていった。

一匹目は、大和梨川藩の上屋敷だ。

のどか屋のあるじの時吉は元武家で、ゆえあって刀を包丁に持ち替えて料理人になった。磯貝徳右衛門と名乗っていた若き日に禄を食んでいたのが大和梨川藩だ。

その縁はいまも続いている。勤番の武士が宿直の弁当をしばしば頼みに来るばかりか、藩主がお忍びでのれんをくぐってきたりもする。

もう一つの縁は猫侍だ。

御役はもちろん鼠を捕ることで、のどか屋から来た猫侍の働きぶりには目を瞠るものがあるという評判だった。

二匹目は、本道（内科）の医者、青葉清斎の療治長屋にもらわれていった。のどか屋が神田三河町にあったころからの古いなじみで、時吉に薬膳料理の要諦を教えたのも清斎だ。妻の羽津は産科医で、早産だった時吉とおちよの子の千吉を取り上げて命を救ってくれた。

何よりも患者のことを思いやる清斎は、長患いの者が過ごす療治長屋をつくった。その療養の友として猫を飼ってみると、心持ちが楽になったのか、めでたく本復を遂げた患者が出た。そこで、療養の友の数を増やすことになったのだった。

三匹目は、なじみの大工衆の一人から手が挙がった。猫好きの女房が「ぜひのどか屋の福猫を一匹ほしい」とせがんだらしい。

残る一匹は、しょうの代わりに飼うことになった。

ふくの弟で、色も柄も同じだ。

名をどうするか迷ったが、兄がふくだし、縁起のいい福禄寿にちなんで「ろく」という名になった。

こうして子猫たちの新たな猫生が始まった。

三

おちよとおようが戻ると、元締めの信兵衛が顔を見せた。

のどか屋のほかに、すぐ近くの大松屋、少し離れたところにある巴屋、いちばん遠い浅草の善屋といった旅籠やいくつかの長屋を持っている頼りになる男だ。

「今日の中食は何だったんだい？」

信兵衛は厨で二幕目の仕込みをしている千吉に問うた。

「秋刀魚の塩焼き膳で」

のどか屋の二代目が答えた。

「秋の本筋の料理だね」

元締めが笑みを浮かべた。

「秋刀魚は蒲焼(かばや)きやつみれ汁などもおいしいですけど、やっぱり塩焼きがいちばんですね」

千吉が答えた。

「それに茸(きのこ)の炊き込みご飯に具(ぐ)だくさんのけんちん汁をおつけしました」

おようがどこか唄うように言った。

「お客さんの喜ぶ顔が目に浮かぶかのようだよ」

信兵衛がそう言ったとき、奥で泣き声が響いた。

三代目の万吉(まんきち)が目を覚ましたのだ。

千吉とおようのあいだに昨年生まれた子で、今年の青葉の季節に初めて言葉を発した。

「はいはい、いま行くからね」

おようが急いで奥に向かった。

万吉が初めて発した言葉は「にゃーにゃ」だった。いかにも猫がたくさんいるのどか屋の三代目らしいと、その話を聞いてみな笑顔になったものだ。

「炊き込みご飯はまだたくさんありますが」

千吉が厨から言った。

「そうかい。なら、せっかくだから、茶碗一杯分いただこうかね」

元締めが答えた。

「いまお持ちしますので」

おちよがさっと動いたとき、また常連が二人のれんをくぐってきた。

岩本町の湯屋のあるじの寅次と、野菜の棒手振りの富八だ。いつも一緒だから、御神酒徳利と呼ばれている。

「いま茸の炊き込みご飯を頼んだところなんだよ」

信兵衛が告げた。

「そうですかい。そう言われたら、食いたくなりますな」

寅次が言った。

「おいらの葱も入ってるんだろう？」

富八が千吉にたずねた。

「彩りも兼ねてちらりと」

千吉が答えた。

「ちらっとでもいいや。なら、くんな」

野菜の棒手振りは笑みを浮かべた。

「はい、ただいま」

のどか屋の二代目がいい声で答えた。

あるじの時吉は、おちよの父で料理の師匠でもある長吉(ちょうきち)が営む浅草福井町(ふくいちょう)の長吉屋で指南役をつとめている。長吉は近くに隠居所を建て、折にふれて顔を出しているが、若い料理人に指南をしたり、厨を仕切ったりするのは娘婿の時吉のつとめだ。

横山町ののどか屋の朝の膳が終わると、時吉は千吉に後を託して長吉屋へ向かい、仕込みの指示まで終えて夕方に戻ってくる。ただし、長吉屋は弟子と長吉に任せてずっとのどか屋で過ごす日もある。厨を千吉と二人の「親子がかり」でこなせる日は、手が増えるから中食に凝(こ)った料理も出すことができる。

「お待たせいたしました」

おちよが炊き込みご飯を運んできた。

「おお、来た来た」

「さっそく食おう」

岩本町の御神酒徳利が箸を取った。

茸は三種を合わせると格段にうまくなる。炊き込みご飯でも、もちろんそうだ。

今日の茸は舞茸、平茸、占地だった。きつめに塩胡椒をして、短冊切りの油揚げとともに炒め、水に醬油と味醂と酒を入れて炊きこむ。名脇役の油揚げが味を吸い、深い味わいにしてくれる。

いくらかお焦げができるまで炊くと、ことに香ばしい仕上がりになる。ぷちぷち、ぷちぷちという音が聞こえてきたら、お焦げができだした証だ。

「こりゃうめえな」

湯屋のあるじが笑みを浮かべた。

「おいらはここの厨に茸も入れてるから、偉えもんだ」

富八が自画自賛したとき、表で人の気配がした。

おけいが泊まり客をつれて戻ってきたのだ。

四

「へえ、鹿島神宮の近くなんですか」

おちよが感心したように言った。

「潮来にも近いっぺ」

「何にもねえ田舎だがよ」

おけいが連れてきた二人の客が答えた。

聞けば、江戸見物に来た兄弟で、父は庄屋らしいから、暮らし向きは悪くないようだ。そうでなければ、江戸まで物見遊山には来られない。

「潮来には行ったことがあるんです」

千吉がそう明かした。

「へえ、何をしに？」

兄とおぼしいほうがたずねた。

「潮来からわたしの祖父の料理屋に修業に来ていた料理人さんが若くして亡くなってしまったので、骨壺を届けにいった父についていったんですよ。いまはその弟の寅吉が料理の修業を続けていますが」

千吉は答えた。

すると、のどか屋の泊まり客は意想外なことを口走った。

「おらあ、その話、聞いたことあるっぺ」

兄のほうが言った。

「ほんとかい、兄ちゃん」

弟が意外そうな顔つきになった。

「ほんとだべ。おいらの幼なじみが潮来にいて、そいつから聞いた。そのうち、江戸へ行きたいって言ってるらしい」

兄は答えた。

「それはぜひ、うちにお泊まりくださいまし」

おちよがすぐさま言った。

「いま修業している寅吉はわたしの弟弟子で。さようですか、江戸にお越しの節は、ぜひとも横山町ののどか屋へお泊まりくださいとお伝えください」

千吉はそう言って頭を下げた。

「そうかい。これも縁だべ、兄ちゃん」

「そうだな。帰りに寄って伝えるべや」

兄弟の相談がまとまった。

兄は甚兵衛で弟が幸次郎、顔がよく似た兄弟だ。

「一服したら、江戸の湯屋はどうですかい」

寅次が水を向けた。

「ああ、そりゃいいな」

甚兵衛がすぐさま答えた。

「ちょいと何か食ってから行くべ」

幸次郎も乗り気で言う。

「茸の炊き込みご飯がうまいですぜ」

富八がすすめた。

「天麩羅(てんぷら)もできますので」

千吉が和す。

「なら、どっちもくんな」

甚兵衛が笑顔で言った。

「わたしにも天麩羅をおくれでないか」

元締めの信兵衛が手を挙げた。

「承知しました。しばしお待ちを」

千吉はそう言って厨に戻っていった。

鹿島神宮の近くから来た客の荷物は、すでにおけいとおちよが二階の部屋に運んであった。三代目の万吉の泣き声は聞こえなくなった。どうやらおとなしく寝てくれたらしい。

ほどなく、炊き込みご飯と天麩羅ができた。

茸の天麩羅は舞茸と平茸と占地だ。

炊き込みご飯と同じく、どちらも強めに塩胡椒をして、狐色になるまでしっかりと揚げる。そうすれば、ぱりぱりとした香ばしい仕上がりになる。

「こりゃうめえべ」

「ここにしてよかったな、兄ちゃん」

さっそく味わいながら、兄弟が言った。

「のどか屋は明日の朝の膳も名物なんで」

野菜の棒手振りが言った。

「ああ、呼び込みで聞いたべ」

控えていたおけいのほうを、幸次郎が手で示した。

「どうぞお楽しみに」

おけいが笑みを浮かべた。

「その前に、江戸名物のうちの湯へ」

寅次が如才（じょさい）なく言った。

「いったい、いつから江戸名物に」

おちよがおかしそうに言ったから、のどか屋に笑いがわいた。

五

鹿島神宮の近くから来た兄弟は、岩本町の湯屋のあるじに案内されて出ていった。

野菜の棒手振りの富八も一緒に岩本町へ戻り、元締めの信兵衛はほかの旅籠に向かった。

凪（なぎ）のような時があったのはほんのわずかで、ほどなく次の常連がやってきた。

のどか屋にとっては常連中の常連といえる元俳諧師（はいかいし）の隠居、大橋季川（おおはしきせん）だ。

「相変わらず、いい湯だったね」

季川が上機嫌で言った。

老いてなお矍鑠（かくしゃく）としている季川だが、前に腰の具合を悪くしてからは療治を続けている。近くの大松屋にはいい内湯があるから、まず駕籠（かご）でそちらへ向かい、ゆっくりつかってからのどか屋に姿を現わす。

のどか屋の座敷では、腕のいい按摩（あんま）の良庵（りょうあん）の療治を受ける。しかるのちに、のどか屋の酒肴（しゅこう）を楽しみ、一階の部屋に泊まる。

のどか屋には六つの泊まり部屋があるが、小料理屋と同じ一階には一つしかない。あとはみな二階で、階段を上らねばならない。

一階の部屋は、足の悪い者や、酔って夜遅くに泊まり部屋を求める客のためにおおむね空（あ）けてある。さりながら、隠居が泊まる日にかぎっては先約ありですべて断る。もちろん季川が泊まるからだ。

一泊した季川は、翌朝、のどか屋名物の豆腐飯を食してまた駕籠で浅草の隠居所へ戻っていく。いつも同じ流れだった。

「いい顔色で、師匠」

俳諧の弟子でもあるおちよが笑顔で言った。

「はは、湯上がりだからだよ」

季川が笑みを浮かべた。

ほどなく、按摩の良庵と女房のおかねがやってきて、いつものように療治が始まった。

「なんだい、おまえも乗るのかい」

季川が子猫のろくに言った。

背をもんでもらっている隠居の尻のほうに、子猫がひょいと飛び乗る。

「この子は物おじしないので」

若おかみのおようが言った。

三代目の万吉はしばらく機嫌よく座敷を這い這いしていたが、そのうち眠くなったらしく、いまは千吉のおんぶ紐の中で眠っている。起きているときは、ときどきつかまり立ちをしそうになるが、まだうまくはできないようだ。

「せっかく乗ったところをすまないね」

おかねが子猫をひょいと下ろした。

そんな調子で和気藹々と隠居の療治が続いているところへ、二人の客が入ってきた。

小伝馬町の書肆、灯屋のあるじ幸右衛門と、狂歌師の目出鯛三だった。

「今日は朗報をお持ちしました」

幸右衛門が笑顔で言った。

「朗報でございますか」

おちよの表情が輝く。

「では、先生から」

灯屋のあるじが狂歌師のほうを手で示した。

「千部振舞が決まったんですよ」

目出鯛三はそう告げた。

六

当時の書物はいまほど部数が出ていなかった。千部も売れれば上々吉だ。版元は氏神様へ御礼参りに行き、祝いの宴を催すのが習いとなっていた。

「元の紙を気張って書いた甲斐があります」

厨から出てきた千吉が、いくぶん上気した顔で言った。

千部振舞が決まった灯屋の書物の名は『料理春秋』だった。春夏秋冬の旬の素材を用いた料理のつくり方の勘どころを記した書物は好評で、ついに千部の大台に乗った。

「手際よくまとめていただいたので、わりとすらすら書けましたから」

目出鯛三が筆を動かすしぐさをした。

『料理春秋』の料理の指南役として真っ先に名が出ているのは、おちよの父で浅草の福井町で長吉屋を営む長吉だが、実際は孫の千吉が気張って紙を書いた。

それを元にして、目出鯛三が読みやすい書物にまとめたのが『料理春秋』だ。

「いずれにしても、めでたいかぎりで」

幸右衛門が笑みを浮かべた。

「ありがたいことです。神棚にお供えして、毎日売れるように拝んでいましたから」

おちよがそちらを手で示した。

『料理春秋』のほかに、小ぶりの十手も置かれていた。おちよも千吉も勘ばたらきが鋭く、いままで悪者をお縄にするきっかけをいくたびもつくってきた。あるじの時吉は元武家で、立ち回りで力を発揮したことがある。その功によって授けられた「親子の十手」だ。

「では、そのうちこちらのお座敷で千部振舞の宴をやらせていただければと」

幸右衛門がにこやかに言った。

「それはぜひ」

おようがすぐさま言った。

「気を入れてつくりますんで」

千吉が軽く二の腕をたたいてみせた。

ほどなく、隠居の療治が終わった。みなに見送られて、良庵とおかねが次の療治に向かった。

「せっかくだから、『料理春秋』に載っている料理を味わいたいものだね」

季川が言った。

「それなら、ちょうど蒸し鮑が頃合いになりますから」

千吉が軽く両手を打ち合わせた。

「時がかかるから、長屋の女房衆がつくるのはどうかと思って、入れるかどうか迷った料理ですが」

目出鯛三が言った。

「紙をたくさん書きましたので」

千吉はそう言うと、蒸し鮑の仕上げのために厨に戻った。

「これですね」

おようが『料理春秋』を開いた。

神棚ばかりでなく、貸本用に何冊か勘定場に置いてある。

こう記されていた。

むしあはび

あはびに塩をまぶし、よくよごれとりて、水にてあらふ
うつはにあはびを入れて酒をたつぷりふり、弱火で一刻半むす
さまして身をはづし、そぎきりに
あはびのわたをうらごしし、土佐醤油とだしでのばす
これにて食せば、長屋でも料理屋の味なり

一刻半（約三時間）も気長に蒸さねばならないから手間のかかるひと品だが、出来上がりは太鼓判だ。

ほどなく、のどか屋の客に蒸し鮑が供せられた。

「これは入れて良かったですね」

目出鯛三が食すなり言った。

「長屋の女房衆がこんな料理を出したら、亭主は目を回すかもしれません」

灯屋のあるじが笑みを浮かべた。

「酒がすすむ肴だね。うまいよ」

隠居がうなずく。

「江戸のほうぼうで、『料理春秋』を見てこういう料理をつくっていただければと」

千吉が明るい表情で言った。

「いまもだれかがつくっているかもしれませんよ」

目出鯛三が言った。

「もしそうだとしたら、ありがたいことですね」

おようが両手を合わせる。

「うん、わた醤油がまた口福(こうふく)の味だね」

隠居の白い眉がやんわりと下がった。

「元の紙を書いた甲斐があります」

千吉が会心(かいしん)の笑みを浮かべた。

七

翌朝――。

のどか屋の泊まり客には、名物の豆腐飯の朝餉(あさげ)が出された。

だしと醤油と味醂で甘辛く煮た豆腐をほかほかの飯に載せて供する。まずは味のしみた豆腐だけを匙(さじ)ですくって食し、しかるのちに飯とわっとまぜて胃の腑(ふ)に入れる。

刻み葱や海苔や胡麻などの薬味を添えると、また味が変わってうまい。一膳で三度楽しめるのどか屋の名物料理だ。

これに具だくさんの味噌汁と小鉢がつく。泊まり客ばかりでなく、普請場へ向かう前の大工衆なども食しに来る人気料理だ。

「ここにして良かったな、兄ちゃん」

「そうだな。数ある旅籠のなかで当たりを引いたべ」

鹿島神宮の近くから来た兄弟が笑みを浮かべた。

「わたしはしょっちゅういただいているけれど、飽きるということはないね」

隠居が温顔で言った。

「ありがたいことで」

厨の時吉が頭を下げた。

千吉とともにのどか屋に専念する親子がかりの日もあるが、今日はいつものように朝餉だけで浅草の長吉屋へ向かう。昨日の夕方に戻って『料理春秋』の千部振舞が決まったという知らせを聞いたときは、いたく喜んだものだ。

「ああ、うめえべ」

兄の甚兵衛が満足げに言った。

「汁も味が深くてうめえべや」

弟の幸次郎も和す。

「潮来の寅吉のご家族にどうかよしなにお伝えくださいまし」

千吉が言った。

「ああ、帰りに寄って、必ず伝えるべ」

甚兵衛が請け合った。

「そのうち、潮来からたずねてくるべや」

幸次郎が笑みを浮かべた。

豆腐飯の朝餉は好評のうちに平らげられた。

二人の客は、深川の八幡宮に寄り、今日は行徳に泊まるらしい。江戸から行徳までは船便がある。

「では、道中お気をつけて」

おようが見送りに出た。

「寅吉は達者にやっているとお伝えください」

千吉も笑顔で言う。

「おう、また来るべ」

「江戸の泊まりは、のどか屋で決まりだな」

兄弟の客が、いい顔つきで答えた。

第二章　茸づくし膳

一

中食の膳の顔は秋刀魚の塩焼きだった。

これに根菜の煮物と豆腐汁、それに香の物がつく。奇をてらったところのないまっすぐな膳だ。

「秋刀魚がうまい時季になってきたな」

「尾っぽがいい塩梅に反ってるじゃねえか」

なじみの左官衆が上機嫌で言った。

「これからますます脂が乗ってきますので」

厨から千吉が言った。

「そう言うのどか屋の二代目みてえだな、脂が乗ってるのは」

「うめえこと言うじゃねえか」

「三代目も大きくなってきたし、万々歳だ」

客が笑みを浮かべる。

「ええ。あっという間に、そろそろ満では一つになります」

勘定場で万吉の相手をしながら、おようが言った。

言葉はまだ「にゃーにゃ」「おいしい」からむやみに増えているわけではないが、人の言うことをおうむ返しにしながら少しずつ覚えているところだ。まだはらはらさせられるが、つかまり立ちからよちよち歩きをどうにかできるようになった。万吉なりに成長はしてくれているようで、おようも千吉もひとまず安心している。

「あと何年かすれば、包丁を握ったりするようになるぜ」

「子はおとっつぁんの背を見て育つからよ」

「なんてったって、のどか屋の三代目だから」

左官衆はそう言いながら箸を動かした。

中食は好評のうちにすべて売り切れた。短い中休みを経て、おけいと双子の姉妹の江美（えみ）と戸美（とみ）は両国橋（りょうごくばし）の西詰へいつものように呼び込みに出た。

そちらの首尾も上々だった。すべてというわけにはいかないが、泊まり部屋は順調に埋まっていった。

そんなのどか屋の二幕目に、二人の武家があわただしく入ってきた。

稲岡一太郎と兵頭三之助。

どちらも大和梨川藩の勤番の武士だった。

二

「そろそろ旅支度かと、うちの人と話をしていたところなんです」

おちよが言った。

「なにぶんばたばたしておりまして」

稲岡一太郎が頭を下げた。

「で、急な話で悪いんやけど、明日の二幕目、ここを貸し切りで使わせてもらえたらと」

兵頭三之助が座敷のほうを手で示した。

「そうしますと、お忍びのと……じゃなくて、筒井さまがお見えになるんですね？」

おちよが問うた。

筒井堂之進と名乗る武家が、折にふれてのどか屋ののれんをくぐってくる。その正体は、大和梨川藩主の筒堂出羽守良友だ。

「そのとおりで。もう旅支度を整え、送りの宴も終わり、あとは江戸から大和梨川へ向かうばかりなのですが、どうあっても最後に江戸の味を堪能したいとおっしゃるものですから」

剣術の達人の稲岡一太郎が言った。

旅支度というのは参勤交代のことだ。筒堂出羽守は藩主の座に就いてさほど長くなかったため、しばらくは猶予を与えられていたのだが、とうとう国元へ帰らねばならなくなった。

「原川さまも久々にのどか屋の料理をと」

将棋の名手の兵頭三之助が言った。

原川新五郎はのどか屋とは古い付き合いで、かつては勤番の武士だった。それが、いったん国元へ帰ってから出世を果たし、いまや江戸詰家老の重責を担っている。

「さようですか。明日は親子がかりの日なので」

おちよのほおにえくぼが浮かんだ。

「腕によりをかけて、おいしいものをお出ししますよ」

千吉が厨で二の腕を軽くたたいた。

「ならば、明日は頼みます」

稲岡一太郎が言った。

「ほな、まだばたばたしてるもんで」

兵頭三之助が右手を挙げた。

「お待ちしております」

若おかみのおようが出てきて頭を下げた。

歩く稽古をしていた万吉に向かって、兵頭三之助が言った。

「おっと、すまんな」

うっかりぶつかりそうになったのだ。

「あらあら」

おちよが笑みを浮かべた。

危ないところだった万吉は、にわかに顔じゅうを口にして泣きだした。

三

翌日の厨は、時吉と千吉の親子がかりだった。
中食の前に、こんな貼り紙が出た。

けふの中食
きのこづくし膳
たきこみごはん、てんぷら、きのこ汁
三十食かぎり三十文
ただし、十文ましにて、さんま塩やき
数にかぎりあります

二幕目、おざしき、かしきりです
のどか屋

「珍しいな。秋刀魚だけ十文増しでつけるのかよ」

「数が三十尾もそろわなかったんだな」

なじみの職人衆が言う。

「なら、おいらはつけるぜ」

「足しても四十文だからよ」

「早いもん勝ちだ」

職人衆はそう言いながらのれんをくぐっていった。

数にかぎりはあるが、もう少し出せないこともなかった。さりながら、二幕目にはお忍びの藩主が来る。のどか屋で供するひとまず最後の料理として、魚はなるたけ取っておきたかった。

大和梨川は四方を山に囲まれた盆地で、海からは遠い。ひとたび国元へ戻ってしまえば、新鮮な魚料理は望むべくもなくなってしまう。

そういうわけで、二幕目に備えて魚は温存し、中食は茸づくし膳にしたのだった。

「この炊き込みご飯は相変わらずうめえな」

「油揚げが脇でいいつとめをしてるからよ」

「天麩羅もうめえ。ことに、塩胡椒がきつめの舞茸がうめえな」

「しっかり味がついてるからよ」

客の評判は上々だった。

茸はいつものように三種の組み合わせだ。それぞれの味が響き合ってことにうまくなる。炊き込みご飯も汁も同じだ。平茸に舞茸に占地、まぜて使うと味がさらに引き立つ。

秋刀魚の塩焼きも、用意した分はすべて出た。

「大根おろしをたっぷりのせて、醤油をたらして食せば、まさに口福の味だな」

「たまにはいいこと言うじゃねえか」

「たまには、は余計だ」

「何にせよ、秋刀魚も茸も当分楽しめるぞ」

客が上機嫌で言った。

そんな調子で、茸づくし膳も秋刀魚の塩焼きも、滞りなく売り切れた。

四

二幕目に入ってほどなく、二挺の駕籠がのどか屋に近づいてきた。

二人の勤番の武士が小走りに付き従っている。稲岡一太郎と兵頭三之助だ。

「見えたわよ。駕籠が二挺」

おちよが中に入るなり言った。

「承知で」

千吉がいい声で答えた。

「殿はしばらく江戸の料理を召し上がれなくなる。気を入れてつくろう」

時吉が引き締まった表情で言った。

ほどなく、大和梨川藩の面々がのどか屋ののれんをくぐってきた。

「すまんことやな」

江戸詰家老の原川新五郎が言った。

「お待ちしておりました。どうぞお座敷へ」

おちよが身ぶりをまじえた。

「駕籠は性(しょう)に合わんが、これから国元まで乗っていくしかないからな」

筒堂出羽守が少し苦笑いを浮かべた。

さっそくおちよが酒を、時吉と千吉が料理を運んでいった。

まずは鯛(たい)の活(い)け造りだ。あとで兜焼(かぶとや)きや潮汁(うしおじる)、それに鯛茶も出る。

「おお、来た来た」

大和梨川藩主が軽く両手を打ち合わせた。

今日はほかに客がいないから、べつにお忍びでもない。

「三代目は大(お)っきなったな」

原川新五郎が驚いたように言った。

「ようやくちょっとなら歩けるようになりました」

手をつないで立っていた若おかみのおようが言った。

「そら、何よりや」

だいぶ髷(まげ)が白くなった江戸詰家老が笑みを浮かべた。

「ならば、少しで良いから歩いてみよ」

筒堂出羽守がうながした。

さりながら、どうも見られていると勝手が違うようで、そのうちとうとう泣きだしてしまった。

「ああ、泣かしてしもた。すまんことや」

藩主がわびた。

「いえいえ。……さ、奥でお乳をあげるから」

　おようはあわてて万吉をつれて下がっていった。

　料理は次々に出た。

　鯛の活け造りは、親子がかりで気張ってさばいて盛り付けたから、あしらいも含めて見た目も美しい。

「鯛が陸へ跳びあがってきたみたいやな」

　原川新五郎が目を細くした。

「さっそく食おう。国元へ帰ったら、押しものの鯛しか食えんようになるさかいに」

　ややあいまいな顔つきで言うと、筒堂出羽守は箸を伸ばした。

　鯛の型を使った押しものの菓子しか食べられなくなってしまうというわけだ。海から遠い盆地で暮らす人々は、鯛の形をした菓子を食すことで渇を癒していた。

「ああ、うまいわ」

　江戸詰家老が言った。

「こりこりしていて美味だ」

　多少危なっかしいところはあるが、領民思いの快男児が満足げに言う。

「いまのうちに食べとかな」

　兵頭三之助も箸を伸ばす。

「東海道の宿でも魚は出るだろう」

稲岡一太郎が言う。

「そやけど、江戸の味は食い納めやさかいに」

そう言いながら箸を動かす。

「いま天麩羅を揚げていますし、秋刀魚の塩焼きもお持ちします」

厨から時吉が言った。

千吉の手が小気味よく動く。

いま揚げはじめたのは穴子だった。まっすぐに揚げるのは料理人の腕だ。しゃっと手を動かすと、穴子は丸まることなくまっすぐに伸びた。それを見て、時吉がうなずく。

父は秋刀魚を焼いていた。江戸から国元へ戻らねばならない藩主たちのために、心をこめて焼く。

ほどなく、天麩羅と塩焼きができた。

「お待たせいたしました」

万吉の相手をしているおようを除く三人が、天麩羅とつけ汁と塩焼き、それに酒を運んでいった。

「おお、来た来た」

筒堂出羽守が軽く両手を打ち合わせた。

「続いて、鱚と松茸を揚げますので」

千吉が笑顔で告げた。

「穴子は八幡巻きも頃合いになっております」

時吉も和す。

「若いもんが食うてや。年寄りは胃の腑が小そなってしもたさかいに」

原川新五郎が言った。

「承知しました」

「いただきます」

二人の勤番の武士がいい声で答えた。

料理は次々に出た。

まもなく参勤交代の旅に出る大和梨川藩主は、穴子の八幡巻きなどをうまそうに食していた。やわらかく煮た牛蒡を穴子で巻き、たれをからめながら焼きあげた料理だ。

産地にちなんで、牛蒡を使った料理には八幡の名がつく。

「また江戸へ来るまでの辛抱やな」

筒堂出羽守がそう言って猪口の酒を呑み干した。

「田舎には田舎の良さがありますさかいにな」

江戸詰家老がそれとなく諭すように言った。

「そや。江戸はええけど、馬に乗って走り回るわけにはいかん」

筒堂出羽守は馬の手綱をしごくしぐさをした。

「そら、迷惑ですんで」

兵頭三之助が笑みを浮かべた。

「またくまなく領内を見廻るつもりや。どこの家の子が大きくなったとか、そういう楽しみもあるからな」

藩主はそう言って、今度は鱈天をさくっと噛んだ。

「お供させていただきますので」

稲岡一太郎は白い歯を見せた。

「領民も喜びますわ」

原川新五郎がうなずく。

「江戸へ出てきて、芝居などを見物したり、ここでうまいもんを食うたり、いろいろと好き勝手なことをさせてもろたが、藩主のつとめをしっかりせんことにはな」

筒堂出羽守は笑みを浮かべた。

「その意気ですわ」

江戸詰家老が頼もしそうに言った。

料理は締めの段になった。

「お待たせいたしました。鯛茶漬けでございます」

おちよが盆を運んでいった。

「これはうまそうや」

筒堂出羽守がさっそく箸を取る。

胡麻だれにつけて味をなじませた鯛の切り身を飯に載せ、もみ海苔などの薬味を添え、あつあつの煎茶をかけていただく。締めにぴったりのひと品だ。

少し食したところで、大和梨川藩主は箸を止めた。

ほっ、と一つ息をつく。

「この味を忘れんとこ」

半ば独りごちるように、筒堂出羽守が言った。

「またすぐ江戸へ戻れますわ。月日の経つのはあっという間やさかいに」

原川新五郎がなだめるように言った。

これから国元へ戻らねばならない藩主は、味のある笑みを浮かべた。

「そやな」

五

浅草福井町の名店、長吉屋の一枚板の席だ。

時吉から話を聞いた安東満三郎がそう言って、猪口の酒を呑み干した。

「そうかい。いよいよ国元へ帰るのかい」

花板ができたての肴を出し、客に味わってもらう。厨にはもう一人、潮来生まれの若い料理人の寅吉が入っていた。

「江戸の味を堪能していただきました」

時吉が笑みを浮かべた。

「そりゃあ、何よりだ」

黒四組のかしらが渋く笑った。

将軍の荷物や履物などを運ぶ黒鍬の者は三組まであることが知られている。さりながら、ひそかに第四の組も設けられていた。それが約めて黒四組だ。

黒四組のつとめは、日の本を股にかけて暗躍する悪党どもを退治する影御用だ。このところの悪党は神出鬼没で、上方から江戸へ流れてきて悪さをしたりする。

そこで、縄張りにとらわれない黒四組の出番だ。捕り物の際には町方や火付盗賊改方の力を借りるが、平生は少数精鋭で悪を追っている。

「大和梨川へ帰ったら、干物くらいしか魚を食べられないだろうから」

万年平之助がそう言って、秋刀魚のつみれ揚げに箸を伸ばした。

秋刀魚の頭とわたを取り、三枚におろす。それから、細切りにして包丁でていねいにたたき、すり鉢に入れてよくすっておく。

これに加えるのは、昆布をつけておいた水だし、砂糖、それに、皮をむいておろした人参と山芋だ。

この生地をひと口大にまとめ、狐色になるまでこんがりと揚げる。しし唐の素揚げを添えれば、奥深い味の秋刀魚のつみれ揚げの出来上がりだ。

「いい塩梅で」

天つゆにつけてつみれ揚げを胃の腑に落とした万年平之助が、満足げに言った。

「うん、甘え」

隣の安東満三郎が妙なことを口走った。

それもそのはず、黒四組のかしらがつみれ揚げをつけたのは天つゆではなく味醂だった。道理で甘いはずだ。

この御仁（ごじん）、世にも珍しい舌の持ち主で、とにかく甘いものに目がない。甘ければ甘いほどよくて、甘いものさえあればいくらでも酒が呑めるというのだからよほど変わっている。江戸広しといえども、あんみつ隠密の異名（いみょう）を持つこの御仁くらいだろう。

例によって、万年同心が、うへえと顔をしかめる。江戸のご府内だけを縄張りとするこちらは存外に侮（あなど）れぬ舌の持ち主だ。

「魚はろくに食えなくても、故郷がいちばんかもしれねえな。おれは江戸しか知らねえけどよ」

万年同心が言った。

「故郷といえば、ここにいる寅吉に郷里の潮来から文（ふみ）が来たんです」

時吉が若い料理人を手で示した。

「へえ、やる気があるなら、潮来で見世をやらないかという話で」

寅吉が告げた。

「もともと、ここで修業していた兄貴の跡を継いで潮来から来たんだったな」

黒四組のかしらが言った。

「兄さんが病で若死にしてしまったんで、おいらが代わりに修業させてもらいました」

寅吉が頭を下げた。

「で、郷里へ帰るのかい」

万年同心が問うた。

「近々、おとっつぁんと伯父さんが弟たちをつれて江戸へ出てくるらしいので、そこで相談をと」

寅吉が答えた。

「ちょうどうちに潮来の近くから来たお客さんが見えたんです。帰りに寅吉の実家をたずねて伝えてくださったようで」

時吉がいきさつを伝えた。

「そりゃ、いい風が吹いてきてるんだから、追い風に乗っていかねえとな」

あんみつ隠密がそう言って、時吉が出した油揚げの甘煮を口に運んだ。

安東満三郎の好物だから、あんみつ煮の名がついている。これでもかというほど砂糖が入っているから、充分すぎるほど甘い。

「へい、気張ってやります」

寅吉は引き締まった表情で言った。

ここで本厨の手伝いの鯛の姿盛りができあがった。

長吉屋には富士(ふじ)や大井川(おおいがわ)などさまざまな名がついた部屋があり、それぞれの人数に合わせた会食を楽しむことができる。そちらのほうの料理は本厨で手分けしてつくっているが、長吉屋の顔とも言うべき一枚板の席を受け持つ花板が手伝うこともしばしばあった。

「はい、頼みます」

お運びの仲居に見事な姿盛りを託(たく)したとき、悠然(ゆうぜん)とのれんを分けて入ってきた者がいた。

あるじの長吉だった。

六

「そうか、親元から文が来たのかい」

厨の隅のほうに置かれた樽(たる)に腰かけた長吉が言った。

「へえ、そのうち江戸へ出てくると」

寅吉がうれしそうに答えた。

「おめえの兄貴の益吉はかわいそうなことをしちまったが、おめえはここまでわりかた按配よく育ってきたからな」

長吉が頼もしそうに言った。

「兄ちゃんの名をつけた益吉屋を潮来で開けるかもしれないんで」

寅吉の表情が輝く。

「それだったら、おれも見世びらきに行ってやってもいいぜ」

長吉が思いがけないことを口走った。

「師匠がですか？」

時吉が驚いたように問う。

「益吉が若くして亡くなったときはすっかり気落ちしちまって、骨壺を届けに行く役はおめえと千吉に頼んじまった。いつか仏壇に線香をあげに行かなきゃと思ってたんだ。それに、西国の弟子の次は、関八州の弟子のもとを廻ろうと思っていたからよ」

古参の料理人が言った。

「隠居所ができてから、かえって達者になったんじゃねえか、あるじ」

黒四組のかしらが笑みを浮かべた。

長吉の隠居所は、ゆかりの大工が立派に建ててくれた。ただし、そこに落ち着いて隠居らしい地味な暮らしを送るような性分ではない。厨で陣頭指揮を執るようなことはなく、娘婿の時吉にすべて任せてはいるが、ときおりふらりと顔を出して若い者がつくる料理に目を光らせているし、近場に出かけることも多い。当人はやれ腰が痛い、足が弱ったなどとこぼしてはいるが、まだまだ達者で旅にも出られそうだ。

「弟子のとこをたずねなきゃと思ったら、張り合いが出ますからな」

長吉は笑みを返した。

長吉屋で修業した弟子は日の本じゅうに散らばっている。ほうぼうの神社仏閣巡りも兼ねて西国のほうは安芸の宮島まで行って引き返してきた。達者にやっている者もいれば、若くして亡くなったり、見世じまいをしたりしてしまったところもあった。同じのれんを守っていくのはなかなかにむずかしい。

そんなわけで江戸に戻り、隠居所までできた長吉だが、折あらば関八州の弟子のもとを巡ろうと考えていた。寅吉が潮来で見世を開くのなら皮切りにちょうどいい。

「もし来てくださるのなら、みな大喜びで」

寅吉が乗り気で言った。

本名は寅松だが、長吉屋の弟子は師匠から「吉」の一字を襲うのが習いだ。若くして亡くなってしまった兄の益吉も、もともとは益松だった。

「まあとにかく、うちをたずねてくるのを待つしかないな」

次の本厨の助っ人料理の天麩羅を揚げながら、時吉が言った。

「へえ、待ち遠しいです」

寅吉の瞳が輝いた。

「なら、腕が上がったところを見せてくれ」

長吉がうながした。

「おう、渋い肴をくんな」

万年同心が笑みを浮かべた。

「承知しました。では」

若い料理人の表情が引き締まった。

時吉が海老や穴子の天麩羅を揚げているあいだに、寅吉はてきぱきと段取りを整え、次の肴を仕上げた。

穴子の平鍋照り煮だ。

開いた穴子の身に竹串を三、四本打ち、刷毛で粉を薄くまぶす。

平たい鍋に油を敷き、穴子の両面を焼く。酒と味醂と醤油でつくったたれをからませ、煮汁がなくなるまでじっくり煮る。

煮詰まったら竹串を抜き、盛りつければ出来上がりだ。

「この味が出せるなら、見世を開いても大丈夫だな」

万年同心が太鼓判を捺す。

「うん、甘え」

あんみつ隠密は味醂をどばどばかけて食べているから、こちらはあてにならない。

「ほんの少し醬油が足りねえが、まあいいだろう」

師匠の長吉が言った。

「さようですか。今後も精進しますので」

寅吉は殊勝(しゅしょう)に答えた。

「一日一日の積み重ねだからな。気張ってやれ」

時吉が励ます。

「はいっ」

若き料理人はいい表情で答えた。

第三章　千部振舞

一

しばらく経った秋晴れの日――。
のどか屋の前にこんな貼り紙が出た。

本日の中食
天ぷら盛り合はせ膳
えび、まつたけ、きす
きのこ汁つき
三十食かぎり三十文

二幕目、祝ひのためかしきりです

「祝いって何でえ、若おかみ」

のれんをくぐるなり、なじみの大工衆の一人がたずねた。

「こちらの千部振舞の祝いの宴で」

おようは勘定場に置いてあった書物を指さした。

『料理春秋』だ。

「へえ、千部も売れたのか」

「そいつぁ豪儀だ」

そろいの半纏の大工衆は目をまるくした。

「おかげさまで。うちでもよく借りてくださっているので」

今度はおちよが言った。

「おいらのかかあも読んでるぜ」

「おかげで、やけに変わった料理が出やがる」

先客の職人衆がそう言ったから、のどか屋に和気が漂った。

二幕目は祝いの宴だから、今日は親子がかりだ。

時吉と千吉が競うように天麩羅を揚げていく。

海老に松茸に鱚。

次々に揚がった天麩羅が盛られ、飯と茸汁と香の物がついた膳が運ばれていく。

「どれから食うか、箸が迷うぜ」

「のどか屋にしとけば間違いがねえからよ」

「ちょうどいい揚げ加減だ」

客はみな笑顔になった。

「はい、中食あとお三人でございます」

おようが外に声をかけた。

「急げ」

「間に合うぞ」

常連客が息せき切って駆けてきた。

そんな調子で、今日の中食も滞りなく売り切れた。

二

旅籠の呼び込みもうまくいった。

おけいが客をのどか屋に案内した。江美と戸美、双子の姉妹は手伝いをしている巴屋のほうだ。千吉の竹馬の友、升造が若あるじの大松屋にも客が見つかった。繁華な両国橋の西詰で呼び込みをした面々は、みなほくほく顔だった。

そうこうしているうちに、二幕目になった。

いよいよ千部振舞の宴だ。

「どうもお世話になります」

灯屋のあるじの幸右衛門が真っ先に姿を現わした。

「よろしゅうお願いいたします」

つややかな丸髷に銀の簪を差したおかみが頭を下げる。

「小さい樽で恐縮ですが、差し入れでございます」

番頭の喜四郎が小ぶりの樽を差し出した。

どうやら上等の下り酒のようだ。

「ありがたく存じます。さっそくお出ししますので」

時吉が急いで出てきて樽を受け取った。

「その名も『大吉(だいきち)』という名の銘酒(めいしゅ)で」

灯屋のあるじが笑みを浮かべた。

一族郎党(ろうとう)に惜しみなく酒肴を提供するのが千部振舞だ。ほかにもいくたりか親族が加わっていた。おかげで座敷はたちどころに埋まった。

「遅くなりました」

そう言いながら入ってきたのは、狂歌師の目出鯛三だった。

『料理春秋』の執筆にあたった立役者だ。

「お世話になります」

絵師の吉市(よしいち)も一緒に入ってきた。

料理指南書の挿絵(さしえ)を描いてくれた男も宴に加わる。

「このたびはありがたく存じました。さあさ、こちらへ」

灯屋のあるじが、にこやかに身ぶりをまじえた。

「今日は共食(ともぐ)いですな」

座敷に上がるなり、目出鯛三が大皿を指さした。

見事な鯛の活け造りがすでに出ている。宴の顔はやはりこれだ。

「もっと派手なお召し物かと思っていました」

酒を運んできたおちよが言った。

「はは、このところは何かと世の中の目がうるさいもので」

目出鯛三はそう言って、帯を軽くたたいた。

ひと頃は赤い鯛を散らした派手な着物で驚かせていたものだが、老中水野忠邦による天保の改革は倹約第一、華美を何より忌み嫌う。目をつけられてお咎めでも受けたら大変だから、帯に控えめに鯛をあしらうくらいで我慢していた。

「料理のほうもお咎めを受けないようにしておりますので」

おちよが笑みを浮かべた。

お上が華美を忌み嫌うのはいまに始まったことではない。かつては父の長吉がお咎めを受け、江戸十里四方所払いの罰を受けたこともあった。

「まあともかく、今日はめでたいかぎりで」

目出鯛三が笑顔で言った。

「ひとわたり料理が出たら、のどか屋さんも宴に」

幸右衛門が厨に声をかけた。

「承知しました」

時吉が答えた。

「その前に、どんどんお出ししますので」

千吉がいい声を響かせた。

その言葉どおり、料理は次々に出た。

鯛は活け造りばかりでなく、鯛飯と潮汁、それに兜焼きも供された。

「これはまた、こんがりとうまそうに焼けてますな」

目出鯛三が兜焼きを見て目を細くした。

「これはどうぞ先生に」

灯屋のあるじが手で示す。

「いやいや、今日は書肆さんの千部振舞ですから」

目出鯛三が手を振った。

「著者あっての版元なので、これはぜひとも」

幸右衛門は譲らない。

結局、勧められてやむをえずという体裁を取り繕いながらも、目出鯛三が兜焼きに箸をつけた。

ここで天麩羅が来た。

鯛ばかりではない。海老も鱚もある。どちらも祝いの宴にふさわしい縁起物だ。

「茸もふんだんに揚げさせていただきました」

千吉が盆を運んできた。

万吉の寝かしつけが終わったおようも天つゆを運ぶ。

舞茸は塩胡椒をきつめにして濃い色合いで揚げる。逆に、松茸は風味を損なわないように薄めだ。

「茸だけでも満足だね」

「さすがは千部振舞だ」

幸右衛門の身内が笑みを浮かべた。

「この調子で、続篇もお願いいたします」

灯屋のあるじが狂歌師に酒をついだ。

「承知しました。二代目が書いてくださった紙がまだだいぶ余っておりますので」

目出鯛三がそう言って猪口の酒を呑み干した。

「いくらでも書き足しますから」

千吉が厨から言った。

素材、旬、調理法、勘どころなどを簡潔に記した紙を千吉が書き、それを元に目出鯛三が執筆にあたったのがこのたびの『料理春秋』だ。

「それは心強いです」

と、幸右衛門。

「また続篇が出るんだろう？」

「次はどういう膳立てになるんだい」

親族が問う。

「そりゃあ、ここでやめる手はないんで、『続・料理春秋』を」

幸右衛門は乗り気で答えた。

「次は素材別か調理法別か、新手の見せ方にせねばなりませんな」

目出鯛三が言った。

「魚なら魚、野菜なら野菜というふうに、素材別に見せるわけですね」

番頭の喜四郎が言う。

「揚げる、煮るなどの調理法別だと、絵がむずかしそうです」

吉市が小首をかしげた。

「まあそのあたりは今後も相談するとして、その前に……」

幸右衛門は座り直してから続けた。

「『品川早指南』の進み具合のほうはいかがでしょう、先生」

目出鯛三に言う。

先に出した『浅草早指南』が好評だったので、柳の下の泥鰌を狙って次々に「町もの」を出すことになっている。

「いや、まあ、そのうちわっと取材に行きますので」

狂歌師は半ば身ぶりでごまかした。

「春宵先生の『本所深川早指南』はかなり進んでいるようですよ」

灯屋のあるじが圧しをかける。

吉岡春宵は人情本の作者で、灯屋からも書物を出していた。さりながら、いささか無粋な天保の改革で人情本が禁じられ、筆を折ることになってしまった。

困窮した春宵を救ったのがのどか屋だった。その後立ち直った春宵は、若おかみのおようの義父にあたる大三郎に弟子入りし、つまみかんざしづくりの職人として修業を積むかたわら、『本所深川早指南』の執筆にも精を出している。

「そりゃあ、負けちゃいられませんな。そのうち本腰を入れますので」

目出鯛三が請け合った。

「どうかよろしゅうお願いいたします」

幸右衛門がていねいに頭を下げた。

ここでまた料理が運ばれてきた。

「どんどん来るね」

「食べるほうが追いつかないよ」

灯屋の身内が口々に言う。

新たに出されたのは魚料理だった。

まずは落ち鮎の甘露煮だ。

秋の落ち鮎は初夏の鮎より香りは劣るものの、味は濃くてうまい。ことに子持ち鮎は格別だ。

網焼きにしてじっくり火を通した鮎を盆ざるに並べて、半日ほど陰干しにする。さらに手間をかけ、番茶で下煮をする。こうすることで川魚の臭みが抜け、うま味だけが残る。

番茶が煮詰まってきたら、実山椒と味醂と醤油と酒を加えて味つけをする。

「これは深い味ですな」

幸右衛門がうなった。

「手間がかかっていますので」

陰干しの手伝いをしたおちよが笑みを浮かべた。

「さすがにこれは、長屋の女房衆にはつくれませんね」

目出鯛三が言う。

「手間がかかりすぎますからね」

と、おちよ。

「おまえたちは駄目だよ」

うまそうな魚に興味津々の二代目のどかと小太郎、それにふくとろくに向かって、およぅが言った。老猫のゆきだけは座敷の奥でまるまって寝ている。

「はい、次の魚料理です」

千吉が盆を運んできた。

「秋鯖(あきさば)の味噌煮(みそに)でございます」

時吉が厨から言った。

「おう、こりゃいい香りだ」

「秋鯖は脂が乗っててうめえんだよ」

灯屋の親族たちが言う。

「そのとおりで。春の鯖はさっぱりと塩焼きにするとおいしいのですが、秋鯖は味噌煮がいちばんです」

千吉が笑顔で言った。

秋鯖の味噌煮には勘どころがいくつかある。これは『料理春秋』にも記されているとおりだ。

まずは切り身に塩を振ってから霜降りにしてやることだ。さらに、生姜を加えて煮ると、青魚の臭みが抜けてちょうどいい塩梅になる。

もう一つの勘どころは、煮汁に味噌を入れるのではなく、練り味噌をべつにつくってから加えることだ。これでひと味違う仕上がりになる。

「これなら長屋の女房衆にもつくれますな」

目出鯛三が賞味してから言った。

「『料理春秋』にすべて記されておりますからね」

灯屋のあるじが笑みを浮かべる。

ひと息ついたところで、時吉が座敷にあいさつに来た。

「このたびは、せがれがお世話になりました」

そう言いながら、幸右衛門に酒をつぐ。

「こちらこそ、おかげで千部振舞ができました」

書肆のあるじは満面の笑みだ。

ここで泣き声が響いてきた。

「あ、起きた」

おようがすぐさま動く。

万吉が目を覚ましたのだ。

「せっかくだから、親子三代のそろい踏みはどうでしょう」

目出鯛三が水を向けた。

「それなら、絵を描きましょう」

吉市が乗り気で言った。

話はとんとんと決まった。

初めのうちは寝起きでぐずっていた万吉だが、大好きな「にゃーにゃ」たちを見ると機嫌が直った。

「よし、おとうが抱っこしてやろう」

千吉が父の顔で言う。

時吉も加わり、のどか屋の三代がそろった。

「さーっと描きますので」

吉市が筆を走らせた。

見る見るうちに親子三代そろい踏みの絵が形になっていった。

「さすがですね」

およう がうなる。

「ほんと、みんないい笑顔で」

おちよが感慨深げにうなずいた。

「はい、できました」

絵師が紙をかざした。

「ありがたく存じます」

時吉が受け取る。

「これは厨に貼っておきます」

千吉が言った。

「いずれは三代目も立つ厨ですからね」

灯屋のあるじが笑顔で言った。

三

二日後――。

のどか屋の中食の膳にちらし寿司が出た。

茸がたっぷり入り、錦糸玉子を散らした目にも鮮やかな寿司だ。

これに千部振舞の宴でも出した秋鯖の味噌煮と豆腐汁がつく。千吉が腕によりをかけて出した膳は好評のうちに売り切れた。

二幕目に入ると、元締めの信兵衛がまず顔を出した。

「おっ、歩く稽古かい」

信兵衛が座敷を見て言った。

「ええ。お客さまが来る前にと」

おようが笑みを浮かべた。

「さ、もう一回やってごらん」

万吉の脇の下に手をやり、座敷に立たせる。

つかまり立ちをしてから、勢いをつけてよちよち歩くことはできるようになった。

「ほら、ばあばのところまで」

おちよが手をたたく。

「ばあ、ばあ」

あいまいな言葉を発しながら、万吉が歩いた。

「おお、うまいうまい」

元締めがはやした。

「にゃーにゃ、にゃ」

ふくとろくを追って歩いていた万吉が、いきなりばたっとこけた。

猫たちがあわてて逃げる。

「あらあら、もうちょっとだったわね」

おちよが助け起こす。

「泣かなくなったな。えらいぞ」

厨から見守っていた千吉が笑みを浮かべた。

「えらいわね」

おようも笑顔で言った。

表情こそあいまいだが、万吉が泣くことはなかった。ぐっとこらえることができたのは成長の証だ。

そんな調子でわらべの相手をしているうち、早くも旅籠の泊まり客がやってきた。と言っても、呼び込みに出たおけいが連れて帰ってきた客ではなかった。客のほうから進んでのれんをくぐってきてくれたのだ。

「こちらは、のどか屋さんで?」

先頭の男がたずねた。

年かさが二人、若者とわらべが一人ずつ、合わせて四人いる。

「さようでございます。お泊まりでございましょうか」

おちよがいそいそと出迎えた。

「四人だが、泊まれるべや?」

よく日に焼けた年かさの男がたずねた。

「はい、四人さままででしたら、一つ部屋でどうにかお布団を敷けますので」

おちよが答えた。

「なら、一部屋でいいべ」

「そうだな」

相談はただちにまとまった。

「では、ご案内いたします」

　おようが声をかけた。

「厨にいるのが千吉さんかい？」

　年かさの男が指さした。

「ええ、さようですが」

　おようがややけげんそうに答えた。

「兄ちゃんの兄弟子さんだべ」

　まだ十になっていないとおぼしいわらべが言った。

「そうすると、みなさんは……」

　おちよが何かに思いあたった顔つきになった。

「江戸では寅吉と名乗ってる料理人の家族で」

「潮来から出てきたばかりだべや」

　のどか屋の泊まり客が答えた。

四

長吉屋で修業中の寅吉は、千吉にとってみれば初めての弟弟子になる。歳は一つ下だから、今年で十八だ。

長吉の弟子で、わずか二十一歳の若さで病（やまい）で世を去ってしまった兄の跡を継ぎ、おのれが「兄さんの味」を守って修業を積み、ゆくゆくは潮来に戻って兄の名をつけた「益吉屋」ののれんを出したい。

そう志（こころざ）して料理の修業に入り、いつのまにか六年が過ぎた。

このたび潮来から出てきたのは、その寅吉の家族だ。

「江戸は遠がったが、やれやれだべ」

父の丑松（うしまつ）がそう言って茶を啜（すす）った。

みなの荷を二階の泊まり部屋に運び、いま茶を出したところだ。

「しばらく泊まるんで」

その兄の富助（とみすけ）が言った。

寅吉の伯父に当たるいちばん年かさの男で、よく日焼けしている。なりわいは屋根の職人だ。

「どうぞよろしゅうお願いいたします」

　おちよがていねいに頭を下げた。

「朝は名物の豆腐飯をお出ししますので」

　若おかみのおようが笑顔で言った。

「兄ちゃんの文に書いてあったべ」

　弟の吉松が言った。

「うめえっぺ？」

　いちばん下の正松が訊く。

　吉松は十三、正松はまだ九つだからわらべのうちだ。

「そりゃうめえべや。名物だがらよ」

　父の丑松が言った。

「どうぞお楽しみに」

　おようはそう言うと、抱きついてきた万吉の相手を始めた。

「ちらし寿司をお出しできますが、いかがでしょう」

　千吉が水を向けた。

二幕目の客にも出すべく、今日は多めにつくってある。

「ああ、いいべ」

「そりゃ食うっぺや」

「おいらも」

次々に手が挙がった。

「跡取り息子だべ？」

丑松が万吉を指さして訊いた。

母のおようとまた歩く稽古を始めたところだ。

「ええ。三代目になります」

おちよが答えた。

「初代は長吉屋の花板なので、浅草まで通ってるんですよ」

一枚板の席から、元締めの信兵衛が言った。

「うちに詰めて、親子がかりで厨仕事をする日もあるんですが。……はい、お待ちで」

千吉が盆を運んできた。

ちらし寿司の皿が行きわたったところで、常連がのれんをくぐってきた。

湯屋のあるじの寅次と、野菜の棒手振りの富八。

岩本町の御神酒徳利だった。

五

「それなら、おいらが長吉屋までひとっ走りつないできまさ」

話を聞いた富八が言った。

「まあ、それは助かります」

おちよがすぐさま言った。

「寅のところへつないでくださるんなら、こちらから行く手間が省けるんで」

丑松が言った。

「ただ、師匠にあいさつもしねえといけねえっぺ」

その兄の富助が言う。

「まあそのあたりは、向こうの動きに任せましょうや」

湯屋のあるじが笑みを浮かべた。

「そうですね。おとっつぁんのほうから来るかもしれないし」

と、おちよ。

「いや、厨の手を止めてまで来てもらうわけにゃいけねえべや」

丑松が言った。

「厨はうちの人が仕切っていて、おとっつぁんはただの隠居なので」

おちよのほおにえくぼが浮かんだ。

「なら、善は急げで」

富八が腰を上げた。

「悪いわね、富八さん」

おちよがすまなそうに言う。

「なに、お安い御用で」

気のいい野菜の棒手振りが軽く右手を挙げた。

「お願いします」

次の料理を運んできた千吉が言った。

「おう」

いなせな身ぶりをすると、富八はのどか屋から出ていった。

「ちらし寿司もうまかったが、これもうめえべ」

富助が肴を食すなり、満足げに言った。

「こりゃあ何の魚だべ？」

吉松が首をかしげた。

「秋刀魚の蒲焼きで。同じ蒲焼きでも、鰻とはまた違った味わいがあるから」

千吉が答えた。

「おお、来た来た」

元締めも皿を受け取る。

「これが酒に合うんでさ」

湯屋のあるじが言った。

入れ違いになったら困るから、潮来の客を湯屋に案内するわけにはいかない。ならばとばかりに腰を据えて呑む構えになったところだ。

「穴子のうま煮もお出しします」

いったん厨に戻った千吉が言った。

「甘辛い江戸の味つけで」

おようが笑みを浮かべた。

「いくらでも食うべや」

「益も修業した江戸の味だからよ」

潮来の兄弟が言った。

ほどなく、穴子のうま煮が来た。

穴子は半分に切り、熱湯にくぐらせてから冷たい井戸水に取る。この下ごしらえがまず肝要だ。

それからまな板に載せる。皮目を上にして、包丁の背でしごきながらぬめりを取ってやると、臭みが抜けて上品な仕上がりになる。

甘辛い煮汁にだし昆布と長葱（ながねぎ）を入れ、こっくりと煮る。仕上げにおろし生姜を添えれば、『料理春秋』にも載っている「あなごうまに」の出来上がりだ。

「江戸へ出てきた甲斐があったべ」

丑松の表情がゆるんだ。

「さすがの腕で」

富助がうなずいた。

「寅吉だって、これくらいは朝飯前ですよ。腕が上がってますから」

千吉が厨から言った。

「潮来で料理屋ののれんを出す心づもりだというお話を、鹿島神宮の近くから泊まりに見えたお客さんからうかがいましたが」

　おちよが言った。

「かかあはそうしてもらいてえって言ってるべや。ただし、のれんを出して大丈夫な腕かどうか、師匠に訊いでみねえことにはと思って、江戸見物を兼ねてみなで出てきたべ」

　丑松はそう言って、猪口の酒を呑み干した。

　ここでおけいが泊まり客をつれてきた。いくらか時はかかったが、ようやく客が見つかった。

　そちらの客は寅次が岩本町の湯屋へ案内することになった。

　それと入れ替わるように、力屋のあるじの信五郎がやってきて、一枚板の席に陣取った。

　その名のとおり、食えば力が出る馬喰町の飯屋で、のどか屋とは古い付き合いだ。見世はのどか屋で修業した京生まれの為助が信五郎の娘のおしのとともに切り盛りしているから、信五郎は早めに上がってのどか屋に呑みに来ることが多い。

「穴子のうま煮の次は天麩羅で」

　千吉が気の入った声を発した。

「穴子だけかい？」

力屋のあるじが問う。

「いえ、松茸や椎茸なども」

千吉は答えた。

「おいら、松茸の天麩羅食いてえ」

正松が言った。

「潮来にゃ山がねえがら」

吉松が言う。

「うちは海山の幸をふんだんにお出ししますので」

おようが笑顔で言った。

天麩羅は次々に揚がった。

「うんめえ」

「松茸って、こんなにうめえものだったたっぺ」

「これだけで出てきた甲斐があったべ」

潮来の客はみな満足げだった。

そうこうしているうちに、外で駕籠の気配がした。

「あっ、もしかして」

勘の鋭いおちよが胸に手をやった。

案の定だった。

「呼んできましたぜ」

富八が小走りに入ってきた。

少し遅れて、寅吉が顔を見せた。

「おとっつぁん、伯父さん、吉松に正松、ご無沙汰で。よく来たね」

寅吉は感無量の面持ちで言った。

第四章　潮来（いたこ）の客

一

「おお、背が伸びて立派になったな、寅」

伯父の富助が真っ先に言った。

「へえ、吉松も正松も大きくなって」

寅吉は瞬（まばた）きをした。

「兄ちゃんも」

「達者（たっしゃ）そうだべ」

二人の弟が笑みを浮かべた。

ここで、駕籠で来た長吉が入ってきた。

「水をくんな」

寅吉と一緒に小走りで駕籠についてきた野菜の棒手振りがおように言った。

「はい、ただいま」

若おかみがただちに動く。

「潮来のみなさんで、おとっつぁん」

おちよが手で示した。

「せがれの寅松、いや、寅吉が世話になってます。父親の丑松で」

丑松が座敷に正座して頭を下げた。

「伯父の富助で」

屋根職人も続く。

「長吉屋のあるじです。益吉が……」

長吉はそこで言葉に詰まった。

あれからもう六年になるが、潮来から出てきた若い弟子を病で亡くしてしまったことはいまだに痛恨（つうこん）の思いだった。

「亡くなったとき、本来なら、おれが骨壺を持って潮来まで行かなきゃならなかったんですが、気落ちしちまって身が動かず、娘婿の時吉と益吉の弟弟子の千吉に任せることになっちまって、相済まないことで」

今度は長吉が頭を下げた。

「いやいや、ごていねいに、ありがてえことで」

「益のやつも浮かばれまさ」

潮来から来た兄弟が言った。

「まあ、とにかく上がって」

おちよが長吉をうながした。

「おう」

古参の料理人が答える。

富八は一枚板の席に陣取った。元締めの信兵衛、力屋のあるじと相席になる。

「おれの泊まり部屋はあるか？」

長吉は娘に小声で訊いた。

「今日はご隠居さんが泊まる日じゃないから、一階の部屋がまだ空いてる」

おちよが答えた。

「なら、おっつけ時吉も戻ってくるし、今日はここで呑んで泊まることにするぜ」

長吉が言った。

「分かったわ」

おちよは笑みを浮かべた。

こうして、段取りが整った。

潮来の客たちにまじって、古参の料理人が座敷に上がった。

二

厨のほうから、耳に心地いい音が響いてくる。

天麩羅を揚げる音だ。

松茸や舞茸などの茸ばかりではない。鱚が揚がれば、海老も揚がる。穴子もしゃっと投じ入れられる。千吉はここぞとばかりにねじり鉢巻きで励んでいた。

「さすがの揚げ加減で」

丑松がうなった。

「そりゃ、江戸の料理人だべ」

富助が言う。

「六年前に潮来へ来てくれたときとは見違えるみたいだべや」

丑松が笑みを浮かべた。

「そりゃ、寅もこんなに大きくなったんだからよ、六年の歳月だっぺ」

富助が和す。

「寅吉も腕が上がったんで、これくらいは揚げられますよ」

長吉が言った。

「なら、おとうに食わせてくれ」

丑松が水を向けた。

「ああ、いいよ」

長吉屋で修業を積んできた若者がすぐさま言った。

「だったら、ここから代わって」

千吉が厨から言った。

「いま行くんで」

寅吉がいい声を響かせた。

「おいら、甘いものが食いてえべ」

正松がわらべらしいことを口走った。

「急には無理だけど、餡（あん）の仕込みをしたら、餡巻きをつくるよ」

千吉が言った。

「餡巻き？」

正松の瞳が輝いた。

「聞いたことねえな」

兄の吉松が首をかしげた。

「甘い餡をくるくる巻いて、焼きあげたお菓子だよ。わらべはみんな大喜びで」

千吉は笑顔で言った。

「わあ、楽しみ」

九つのわらべが笑った。

厨に寅吉が入った。

「なら、お願い」

千吉が言った。

「はいよ」

一つ下の弟弟子が答える。

ほどなく、天麩羅が揚がりだした。

「兄ちゃん、しっかり」

「気張って」

二人の弟から声が飛んだ。

「おう、いま揚がるから」

寅吉が答えた。

ややあって、天麩羅が揚がった。

寅吉と千吉が手分けして運ぶ。

「なら、さっそく舌だめしだ」

長吉が箸を伸ばした。

「よろしゅうお願いいたします、師匠」

寅吉は緊張の面持ちで頭を下げた。

「さくっとしててうめえべ」

富助が言った。

「おう、これなら見世で出せるべや」

丑松もせがれに言う。

だが……。

古参の料理人は手放しでほめてはくれなかった。

「舞茸はもう少し濃いめの色をつけねえとな。逆に、鰆は心持ち揚げすぎだ。逆だったらちょうどよかったんだが」

長吉はややあいまいな顔つきで言った。

「すみません、気をつけます」

寅吉は頭を下げた。

「すると、見世を出すにはまだ早いですかい。死んだせがれの名をつけた『益吉屋』を潮来で開きたいと前々から言ってたし、文にも書いてきたから、こっちはそのつもりでいたんだべ」

父は案じ顔で問うた。

「おいらは屋根職人だが、せがれが大工で。その気になりゃあ、すぐ見世は出来るっぺ」

富助も言う。

「いや、江戸の料理屋の花板はまだ荷が重くても、肴も出す田舎の飯屋なら、これで充分でしょうや」

長吉が答えた。

それを聞いて、おちよがほっとしたように軽く胸に手をやった。

「飯屋なら、いくらでも教えるから」

力屋のあるじが寅吉に言った。

「それはよろしゅうに」

寅吉がまた頭を下げた。

「でも、うんめえよ、兄ちゃん」

天麩羅を食した吉松が言った。

「これなら、いげるっぺ」

末の正松もそう言ったから、のどか屋に和気が漂った。

「しばらく逗留(とうりゅう)してから潮来へ帰るんで?」

長吉が訊いた。

「もし寅が料理屋をやるつもりなら、段取りを整えて一緒に帰ろうかっていう話をしてたんで」

丑松は兄のほうを見た。

「気張ればやれそうなら、益の夢だった料理屋をやってくれれば」

富助も言った。

「益吉屋ののれんを出して、兄さんの味をと」

ここぞとばかりに、寅吉が言った。

「なら、一緒に潮来へ行って、見世びらきまで面倒見ましょうや」

長吉が思いがけないことを口にした。

「えっ、おとっつぁんが？」

おちよが目をまるくした。

「そんなに驚かなくてもいいだろう。日の本じゅうに散らばった弟子のもとをたずねる旅に出ていたが、関八州がまだだった。体が動くうちに行こうと思っていたから、ちょうどいい。銚子（ちょうし）や佐原（さわら）にも弟子がいるからな」

長吉は乗り気で答えた。

「そりゃあ、ありがてえことだべ」

丑松が両手を合わせるしぐさをした。

「ただ、見世はこれから大工が入るんで」

富助が軽く首をかしげた。

「それまでは家の厨で」

長吉はそこで、次の肴をつくりだした孫のほうを見た。

「おう、千吉。おめえも一緒に行って、見世びらきまで助（す）けてやれ」

長吉はそんなことを言いだした。

「ここはどうするの、おとっつぁん。万吉もいるのに」

おちよは土間を指さした。

「長くてもひと月くらいだろう。そのあいだは、信吉にやらせればいい」

長吉は千吉と寅吉の兄弟子の名を出した。

前に時吉と千吉が潮来へ行ったとき、信吉はのどか屋の厨を受け持ったことがあるから、勝手は分かっている。

「そんな話になってきたけど」

千吉は次の料理を運びにきたおように言った。

できあがったのは、野菜の炊き合わせだ。富八が運んできた金時人参がいい色合いを見せている。一緒に炊きこんだ椎茸からもいいだしが出るから、格別な味わいだ。

「ひと月だったら、万吉と留守番をしてるから」

おようは笑顔で答えた。

「分かった。悪いけど、頼むよ。ひと肌脱がなきゃいけないから」

千吉はそう言って、おようの盆に料理を載せはじめた。

「よし、決まったな」

長吉が軽く両手を打ち合わせた。

「なら、時吉が戻ってきたら、段取りを決めよう」

古参の料理人の顔に笑みが浮かんだ。

三

それからしばらく経った。

朝が早い野菜の棒手振りの富八と力屋のあるじの信五郎がのどか屋を出てほどなく、入れ替わるように時吉が戻ってきた。

長吉屋のほかの弟子たちに仕込みを託し、いつもより早めに戻ってきた時吉は、おちよなどから話を聞いてすぐ呑みこんだ。

「長吉屋もあるので、わたしまで行くわけにはいかないかもしれませんが」

時吉は思案げに言った。

「うちのほうの仕込みもあるし。信吉さんに手伝ってもらうにせよ、中食の膳立てなどはおまえさんにやってもらわないと」

おちよが言った。

「前と違って、千吉はもうひとかどの料理人だからよ。おれと二人いりゃあ充分だ」

古参の料理人がおのれの胸を指さした。

「わたしが気張って助っ人をやるんで」

千吉が厨から言った。

「頼んます」

寅吉が兄弟子に言った。

「なら、そちらはせがれに任せますので」

時吉がそう言って、座敷の客に酒をついだ。

「すまねえこって」

丑松が受ける。

「久々に潮来にも行ってみたかったんですが、江戸の若い料理人たちも見てやらないといけませんから」

時吉は富助にもついだ。

「いや、無理されると困るべや」

富助はそう言って受けた。

それからしばらく、潮来の思い出話が続いた。

前に千吉とともに訪れたときに世話になった常称寺の真願和尚などは、みな達者で暮らしているようだ。

「女房はいまだに江戸の料理人さんの話をしてるべ」

丑松が笑みを浮かべた。

話を聞くと、寅吉の母のおとらも、いくらか足は弱っているものの達者らしい。

「潮来に着いたら、まず益吉の墓に参らせてもらいますんで」

長吉が言った。

「そりゃ、益も喜びます」

丑松がしみじみと言った。

「詮無いこととはいえ、まだ二十一の若さで死なせちまって、いまだに心残りで」

長吉は続けざまに瞬きをした。

「いや」

丑松は座り直して続けた。

「代わりに、寅を育ててくだすって、ありがてえことだべ」

潮来から来た男は頭を下げた。

「益も喜んでるべや」

富助も和す。

「兄ちゃんの夢だったから、料理屋を開くのは」

吉松が言った。

「のれんを出したら、おめえも手伝ってくれ」

寅吉が弟に言った。

「もちろん、やるべや」

吉松が二の腕をたたいた。

ここで料理が運ばれてきた。

「海老の真薯椀をお持ちしました」

おようが椀を出した。

「占地と金時人参も入ったすまし汁仕立てです」

おちよも続く。

「おう、凝ったものが出たな」

長吉が笑みを浮かべた。

「この黄色いのは何だっぺ？」

蓋を取るなり、正松が首をかしげた。

「柚子(ゆず)の皮を松葉のかたちに切ってあるんだべ」

兄の寅吉が教える。

「金時人参の赤と合わせて、秋の紅葉(もみじ)に見立ててあるんです」

千吉が厨から言った。

「あっ、汁がうめえ」

「海老の真薯もいい味だべ」

評判は上々(じょうじょう)だった。

「でも、こういう料理は潮来の飯屋には合わないかもしれないね」

いったん近くの大松屋に顔を出してから戻ってきた元締めが言った。

「そちらはそちらで思案しますから」

千吉が答えた。

ここで万吉が奥からとことこ歩いてきた。

だいぶ上手になってきたがまだおぼつかない足取りだから、万吉が来ると猫たちはあわてて逃げる。

「おっ、見るたびに大きくなるな、三代目」

長吉の目尻にいくつもしわが浮かんだ。

「これからが楽しみだべ」

丑松が言った。

「それにしても、うめえな、この海老真薯は」

富助が感に堪えたように言ったとき、また新たな客が入ってきた。

「おお、これは先生」

一枚板の席の元締めが右手を挙げた。

「いらっしゃいまし」

おちよの顔がぱっと晴れた。

「ご無沙汰しておりました。薬の仕入れがあったもので」

そう言いながら入ってきたのは、本道の医者で古い常連の青葉清斎だった。

四

「さようですか、あのときの患者さんの……」

話を聞いた清斎が感慨深げにうなずいた。

丑松のせがれの益吉が死の床に就いたとき、最後まで治療に当たったのがほかならぬ清斎だった。

「益のやつが知らせたのかもしれねえべ」

富助がそう言って、猪口の酒を呑み干した。

「牡蠣の殻で切った傷から毒が入って、だんだん悪くなって高熱を発するという恐ろしい病でした」

清斎は告げた。

「その節は、ご厄介を……」

丑松はそこで目尻に指をやった。

吉松と正松、二人の弟たちもあいまいな顔つきになる。

「益吉は残念なことになっちまったけれど、寅吉が兄の跡を継いで、曲がりなりにも見世を出そうかというところまで育ってくれたんで」

長吉がそう言って、また酒をついだ。

「ありがてえことで」

丑松がうなずいた。

「益の分まで、気張ってやりな」

富助が厨に入っている寅吉に声をかけた。

「ここが気張りどころで。……へい、揚げ出し豆腐、上がりました」

寅吉は小気味いい声を発した。

「天つゆはわたしが運ぶよ」

万吉の相手を始めたおように向かって、千吉が言った。

「お願いします」

おようが答えた。

揚げ出し豆腐は梅肉がけで供することもあるが、今日は天つゆだ。だし汁が四、醬油と味醂が一ずつ。その割りさえ憶えれば、長屋の女房衆でも料理屋の味になる。これは『料理春秋』にも記されているとおりだ。

「こんなうめえもん、食ったことがねえべ」

吉松が感激の面持ちで言った。

「明日の朝の豆腐飯はもっとうまいから」

寅吉が笑顔で答えた。

「そりゃ楽しみだべ」

丑松が笑みを浮かべた。

「餡巻きも」

　正松がそこにこだわる。

「千吉の餡巻きはうまいからな」

　長吉も笑顔で言った。

「いま、小豆をやわらかくしてるところだから、今日はべつの料理でね」

　と、千吉。

「うんっ」

　わらべは元気よくうなずいた。

　ほどなく、次の料理が出た。

　茄子の含め煮だ。

　細かく包丁目を入れてから揚げた茄子をつけ汁につけて味を含ませる。だし汁に醤油と味醂を加えた、こくのあるつけ汁だ。

　一刻半（約三時間）ほどつけたら器に盛り、おろし生姜を添えて出す。

「これもいい味だべ」

　丑松が笑みを浮かべた。

「こういう料理なら、益吉屋でも出せるべや」

富助がうなずく。

「いくらでも出すべ、伯父さん」

寅吉が厨から答えた。

「相変わらず、食べておいしくて身の養いにもなる料理ですね。生姜も身をあたためてくれます」

総髪の医者が満足げに言った。

青葉清斎は薬膳にもくわしい。かつては時吉の指南役でもあった。

「ありがたく存じます。どんどんお出ししますので」

おちよのほおにえくぼが浮かんだ。

次に出たのは、里芋と蛸の煮合わせだった。

これは寅吉が座敷に運んできた。

「お待たせいたしました」

潮来から来た家族に向かって、ていねいに深めの皿を出す。

「ちゃんと下から皿が出てるな」

じっと見ていた長吉が言った。

「へい、師匠から教わったんで」

寅吉が答えた。

「下からと言うと？」

丑松がややけげんそうに問うた。

「料理の皿は『どうぞ召し上がれ』と下から出さなければならない。『どうだ、食え』とばかりにゆめゆめ上から出してはならない。それが師匠のいちばんの教えなのです」

時吉が代わりに答えた。

「なるほど、深いべ」

丑松は得心のいった顔つきになった。

さっそく箸が伸びた。

「おお、味も深いべや」

富助が食すなり言った。

「蛸がやわらかいべ」

「里芋もうんめえ」

吉松と正松も笑顔だ。

「そりゃ、下ごしらえに手間をかけてるから」

寅吉は厨の千吉のほうを見た。

「蛸の足にはたっぷり塩を振って、よくもんでからぬめりを取り、洗ってから皮を引いて、すりこ木でまんべんなくたたいてやるんだ。そうすれば、やわらかくなる」

千吉は身ぶりをまじえながら教えた。

「へえ、里芋は？」

吉松が問うた。

「たっぷりの水で茹でて、二度ほど茹でこぼすんだ。そうすると、ぬめりが取れておいしくなる」

千吉のいい声が響いた。

「人も料理の素材も、手間暇(てまひま)を惜しまないのが肝要で」

長吉が言った。

「寅も、手間暇をかけてもらって、益の代わりに料理屋のあるじになろうかっていうところまで……」

丑松はそう言って目をしばたたかせた。

「ここの二代目も、ひとかどの料理人になりましたからね」

清斎が一枚板の席で笑みを浮かべた。

「まだまだ修業なんで」

千吉は明るい表情で答えた。

その後も段取りの話が進んだ。

潮来から来た面々は、この機に江戸のほうぼうの神社仏閣を廻る肚づもりだった。長吉と千吉にも旅支度がある。のどか屋の厨を受け持つ信吉ともいろいろ打ち合わせなければならない。それやこれやで、出立は十日先と決まった。

締めには茶漬けが出た。

のどか屋ではさまざまな茶漬けを出すが、今日は秋の美味、子持ち鮎の山椒煮を使った。深い味わいの茶漬けだ。

「今日来てよかったですね」

清斎が笑みを浮かべた。

「ほんとだべ。こりゃあ絶品で」

茶漬けを食すなり、丑松が言った。

「明日もお出しできますから」

千吉がすかさず言う。

「なら、頼むべや」

「こりゃ、毎日だって食いたいべ」

潮来から来た男たちが笑顔で答えた。

第五章　餡巻き（あんまき）と鳴門巻き（なるとまき）

一

泊まり部屋に五人は無理だから、寅吉は潮来の家族と離れ、師匠の長吉と同じ部屋に泊まることになった。

ちょうどいい機だ。料理人の心得ばかりでなく、見世を切り盛りしていくにあたっての心構えを長吉は弟子に教えた。兄の名を冠（かん）した益吉屋のあるじになる若者は、殊勝な面持ちで聞いていた。

翌朝の膳は、もちろん名物の豆腐飯だった。

食べ方を伝授された潮来の面々は、みな笑顔で食していた。

「さすがは名物だべ。うんめえ」

丑松が満足げに言った。

「わっとまぜて薬味をかけたら、また味が変わるべや」

富助がうなずく。

「潮来の見世でも出すべ？」

吉松が寅吉に問うた。

「もちろんだべ」

膳運びを手伝っている寅吉がすぐさま答えた。

「潮来から修業に来たのかい」

ほかの泊まり客がたずねた。

「へえ、六年前から浅草の長吉屋で」

寅吉が答えた。

「そこのあるじも今日はおりますが」

おちよが長吉のほうを手で示した。

「いや、おれのことはいいんだ」

長吉は苦笑いを浮かべると、残りの豆腐飯を胃の腑に落とした。

「潮来に帰ったら見世びらきっていう段取りで」

寅吉が笑顔で告げた。

「そうかい。気張ってやりな」

泊まり客も笑みを浮かべて励ました。

「今日はこれからどちらへ？」

若おかみのおようがたずねた。

「みなでまず浅草寺（せんそうじ）へと」

丑松が答えた。

「奥山（おくやま）っていうにぎやかなとこで見世物でも見物するべや」

富助がそう言って茶を啜った。

「なら、途中までは一緒で」

寅吉が言った。

今日はもちろん長吉屋のつとめがある。残り少ないとはいえ、まだ料理人の修業中だ。

「おとっつぁんは駕籠で？」

おちよがたずねた。

「近々、潮来まで行かなきゃならねえんだ。そう楽ばかりしちゃいられねえや」

長吉は笑って答えた。

親子がかりの日ではないから、時吉も長吉屋の指南役だ。朝の膳が終わったら、みなで浅草に向かうことになった。

「毎度ありがたく存じます」

「またのお越しを」

朝の豆腐飯だけ食べに来た客に向かって、のどか屋の大おかみと若おかみがいい声を響かせた。

「ああやって、声をかければいいべや、兄ちゃん」

見世を手伝う気満々の吉松が寅吉に問うた。

「おう、頼むべ」

寅吉が白い歯を見せた。

二

「おっ、これから茄子を運ぶとこでさ」

通りでばったり出会った野菜の棒手振りの富八が言った。

天秤棒を通した大きな駕籠には、つややかな秋茄子が山盛りになっている。

「うちへ入れてくれるんですか」

時吉が問うた。

「中食の仕込みに間に合うかどうか分からねえけど、二幕目にでも出してくだせえ」

富八が答えた。

「千吉は天麩羅の膳にすると言ってたから、ちょうどいいです」

時吉は笑みを浮かべた。

「おう、こりゃいい茄子だ」

一つ手に取った長吉がすぐさま言った。

「茄子は浅漬けでもうまいですからね」

寅吉も言う。

「そうだな。そんなふうに、素材を見たらいくつか料理が浮かぶようになりゃしめたもんだ」

師の長吉が言った。

「なら、二代目に渡してきまさ」

気のいい棒手振りが言った。

「ああ、頼みます」

時吉が右手を挙げた。

「さすがに江戸はいろんな振り売りが来るべ」

丑松が行く手を指さした。

今度は釘売りが箱を提げてやってきた。

「潮来はたまにしか来ねえがら」

富助が苦笑いを浮かべる。

「食べ物は？　兄ちゃん」

正松が寅吉に無邪気にたずねた。

「ああ、来るべ。夏の暑い時分は白玉(しらたま)入りの冷(ひや)し水とかな。これから風が冷たくなってきたら、大福餅(だいふくもち)とかだ。大福餅はいらんかえー」

寅吉は売り声をまねてみせた。

「今日は餡巻きを出してもらうがら」

吉松が正松に言った。

「千吉がつくる餡巻きは、わらべらに大人気だから」

一緒に歩きながら、長吉が言った。

「そりゃ楽しみで」

わらべは笑顔になった。

潮来から出てきた者には、江戸で目にするものすべてが物珍しい。その後もほうぼうで足が止まったから、厨の仕込みが待っている時吉と寅吉は先に長吉屋へ向かうことになった。

「なら、またのどか屋で」

寅吉が家族に向かって手を挙げた。

「おう、気張ってつとめるべ」

父の丑松が答えた。

「お気をつけて」

時吉も声をかけた。

潮来から来た面々は、上機嫌で浅草寺へ向かった。

三

「留守のあいだは、気張ってやりますんで」

信吉が引き締まった顔つきで言った。

長吉屋の一枚板の席の厨だ。花板の時吉の脇として、今日は信吉が入っている。

「頼むぞ。わたしと二人がかりの日もあるけれど」

潮来行きは千吉と長吉に任せて、江戸に残る時吉が言った。

「へい、精一杯やります」

房州の館山から修業に来ている若者が言った。

飯をよく食うからひと頃はだいぶ腹が出ていたのだが、節制してこのところは引き締まっている。

家族と別れた寅吉は本厨に入った。寅吉が修業を終えて潮来で益吉屋を開くことは、長吉がほかの料理人たちに伝えた。みな口々に気張れと言って励ました。

そうこうしているうちに、客が次々にやってきた。

元締めの信兵衛が持っている旅籠のうち、いちばん浅草寄りにある善屋のあるじの善蔵がまず顔を見せた。あるじと言っても、あきないはせがれの善太郎とその女房に任せているから、ほぼ隠居のようなものだ。泊まり客が入ったらさほどやることもないので、長吉屋で昼酒を呑むことが多い。

続いて、上野黒門町の薬種問屋、鶴屋の隠居の与兵衛が来た。隠居所を兼ねた紅葉屋という見世も近くにあるが、もともとは長吉屋の常連だ。

　紅葉屋の女あるじのお登勢は、かつて時吉と江戸の料理人の腕くらべで競い合った仲だ。千吉が「十五の花板」として修業していたこともある。いまは跡取り息子の丈助が母の跡を継ぐべく腕を磨いていた。

　さらに、黒四組の二人も来た。

　安東満三郎と万年平之助だ。

「そうかい。潮来へ行くのかい。そりゃちょうどいいかもしれねえな」

　話を聞いたあんみつ隠密が、あごに手をやった。

「何がちょうどいいんです？」

　相席になった与兵衛が問う。

「利根川の川筋で悪さをしている悪党どもがいてな。いまは韋駄天に探らせてるが、そろそろ出張っていかねばと思ってたとこなんだ」

　黒四組のかしらが答えた。

　韋駄天侍こと井達天之助が動いているらしい。

「こちらは縄張りがあるんで、動けませんが」

　万年同心がそう言って、秋刀魚のつみれ揚げを口に運んだ。

「おう、江戸は任せたぜ」

あんみつ隠密も続く。

ただし、どばっと浸(ひた)したのはつけ醤油ではなく味醂だ。

「このつみれ揚げは、まるい味ですね」

与兵衛が満足げに言った。

「人参と山芋をすりおろして生地にまぜていますので」

時吉が笑顔で答えた。

「おかげで臭みもなくて、いい味です」

善蔵も笑みを浮かべる。

ここで長吉が入ってきて、厨の隅に置かれた樽に腰を下ろした。

潮来へ行くのなら、あんみつ隠密も動くという話を、長吉はいくたびもうなずきながら聞いていた。

「なら、千吉もいるし、魚みたいに悪党も網にかけましょうや」

古参の料理人が笑みを浮かべた。

「のどか屋の二代目の勘ばたらきの鋭さは、いくたびもかわら版に載ったくらいですからね」

与兵衛がそう言って猪口の酒を呑み干した。

「おう、二代目がいりゃ百人力で」

あんみつ隠密が軽く二の腕をたたいた。

四

その後も段取りは進んだ。

千吉が留守のあいだにのどか屋を手伝う信吉が、親子がかりの日に打ち合わせを兼ねてやってきた。もともと気心の知れた仲だし、前にものどか屋を手伝ったことがある。今後は中食にどういう料理を出すか、話はずいぶんと弾んだ。

「今日の厨はにぎやかだね」

座敷で良庵の療治を受けながら、隠居の季川が言った。

「餡巻きは千吉のほうがうまいんで、教わってます」

信吉が笑顔で答えた。

「うんめえ」

潮来から来た正松が餡巻きを食すなり、声をあげた。

「毎日つくってもらってるけど、飽きねえな」

兄の吉松も笑みを浮かべる。

浅草寺を皮切りに、目黒不動や深川八幡宮、品川の御殿山や王子稲荷など、ほうぼうへ足を延ばしてきた。

天気が悪い日は遠出をせず、大松屋の内湯に浸かってからのどか屋の二幕目だ。丑松と富助はもちろん酒だが、吉松と正松はすっかり気に入った餡巻きを食すのが常だった。

「寅の見世でも出すべや」

富助が言った。

「寅吉も上手に巻けますんで」

千吉がすぐさま厨から言った。

「なら、益吉屋にわらべが来たら出してやるっぺ」

丑松が言う。

「餡の仕込みがあるので、二幕目には甘味処を兼ねて必ず出すようにするとか、段取りを思案したほうがいいかもしれません」

時吉が慎重に言った。

「そのあたりはみなで相談だね。……ああ、今日もいい療治だったよ。すっきりした」

隠居が良庵に礼を言った。

「相変わらず不調法(ぶちょうほう)で」

按摩が笑みを浮かべた。

「ちょうど料理ができましたが、いかがでしょう」

千吉が水を向けた。

「わたしらにもですか？」

良庵の女房のおかねが訊いた。

「どうぞ召し上がっていってください」

おちよが愛想(あいそ)よく言った。

おようは万吉と歩く稽古だ。手をつないで数歩調子よく進んではまた引き返す。せがれを励ましながら歩く若おかみを、いちばん新参の猫のろくが不思議そうに見ていた。

「そうそう、上手」

「お待たせしました」

「大根と油揚げの鳴門巻きです」

千吉と信吉が赤い椀を運んできた。

「ほう、鳴門巻きかい」

一枚板の席に移ってきた隠居が言った。

「おっ、鳴門の渦巻きか」

蓋を取った丑松が目を瞠った。

「こりゃ、きれいな渦巻きだ」

富助も感嘆の声をあげる。

油揚げは開いて湯をかけて油抜きをしておく。大根は皮をむき、油揚げの大きさに合わせてかつらむきにする。これをさっと茹でて冷ましておく。

人参を芯にして大根と油揚げを重ねて巻き、干瓢で結んでしっかり留める。

これをじっくり煮含めて切り分ければ、鳴門の渦潮もかくやという美しいさまが現れる。塩茹でにした莢隠元を添え、だし汁を少し張って赤い椀に盛り付ければ、見た目もいたってきれいだ。

「食ってもうめえや」

丑松が相好を崩した。

「しっかり味がしみてるね」

隠居もうなずく。

「渦が見えるかのようで」

良庵が感慨深げに言った。

「目が見えてたころは、一緒に海を見たりしていたものね」

おかねがしみじみと言った。

「ああ、なつかしいな」

良庵がそう言って、また箸を動かした。

「まだ余ってるからどう？」

千吉が吉松と正松に訊いた。

「なら、食べるべ」

「おいらも」

元気のいい手が挙がった。

ほどなく、鳴門巻きが運ばれた。

「どうだい、味は」

隠居がたずねた。

「うーん、おいしいけど……」

吉松が軽く首をかしげた。

「やっぱり、餡巻きのほうがいいべ、兄ちゃん」

正松がそう言ったから、のどか屋に笑いがわいた。

五

出立の日が近づいた。

寅吉は家族とともに潮来へ帰り、亡き兄の名を冠した益吉屋を開く。見世びらきの礎(いしずえ)ができるまでは長吉が見守る。そのあとは、長吉は銚子と佐原を皮切りに関八州の弟子のもとを廻るつもりだ。

益吉屋ののれんを出し、うまく船が進むまで、千吉が残って寅吉に風を送る。黒四組からはかしらの安東満三郎と韋駄天侍の井達天之助、それに、捕り物になったときに備えて日の本の用心棒こと室口源左衛門(むろぐちげんざえもん)が同行し、川筋で悪さをしている悪党どもを追う。段取りは整った。

「江戸ともお別れだな。思い残すことがねえように」

長吉が寅吉に言った。

「へえ、あとは二人の兄弟子と留蔵さんの屋台へ行ってあいさつすればおおかた終いで」

寅吉が答えた。

「信吉と千吉だな」

と、長吉。

「前はよく湯屋へ行った帰りに寄ったもので」

寅吉はいくらか遠い目で答えた。

「兄ちゃんの益吉も、よく千吉と一緒に通っていた」

時吉が厨から言った。

「それは聞いてます。江戸の食い納めで行ってこないと」

寅吉が答えた。

「なら、明日は親子がかりの日で信吉も来るから、二幕目の途中から抜けていけばいいだろう」

時吉が言った。

「へえ、そうします」

寅吉は乗り気で答えた。

「益吉も通った屋台だ。味わって食ってきな」

長吉が言った。

「はい」

寅吉は感慨深げにうなずいた。

翌日——。

のどか屋の中食の膳は、秋鯖(あきさば)の棒寿司(ぼうずし)と茸の天麩羅、それに具だくさんのけんちん汁をつけた。

「鯖に脂が乗っててうめえな」

「酢も塩梅よくしみてら」

なじみの左官衆が笑顔で言った。

棒寿司は秋刀魚などでもつくれる。布巾(ふきん)の上に酢締めをした魚の切り身を載せ、ぎゅっと巻いて切り分ければ、見た目も美しい棒寿司の出来上がりだ。

「天麩羅もうめえ」

「けんちん汁もな」

「ほうぼう廻ったけど、やっぱりのどか屋がいちばんだ」

好評のうちに、今日の中食の膳も滞りなく売り切れた。

二幕目になった。

泊まり客と常連が座敷と一枚板の席に陣取り、こちらもなかなかの盛況ぶりだった。

「なら、そろそろ行ってきな」

客の波が引いたところで、時吉が千吉に言った。

「承知で。行きましょう、信吉さん」

千吉が兄弟子に言った。

「大豆(だいず)の仕込みがあとちょっとだから」

のどか屋の留守を預かる若い料理人が答えた。

「屋台は逃げないからな」

時吉が笑みを浮かべた。

六

のどか屋を出た千吉と信吉は、長吉屋の寅吉とともに留蔵の屋台に向かった。

いくらか早いかと思ったが、屋台は出ていた。

「おお、何でえ、昔みてえだな」

留蔵は驚いたように三人を見た。

「近々、潮来へ帰ることになったんで」

寅吉はそう明かした。

「いまおとっつぁんや伯父さんらが出てきてるんですよ。うちにお泊まりで」

千吉が告げる。

「へえ、そうかい。そりゃ久々に水入らずだ」

留蔵は味のある笑みを浮かべた。

みな煮豆腐を載せたあたたかい蕎麦を頼んだ。屋台のあるじはのどか屋で修業したことがある。時吉直伝の煮豆腐を載せた蕎麦は、留蔵の屋台の人気の品だ。

「寅吉は潮来へ帰って見世をやるそうで」

信吉が弟弟子を手で示した。

「死んだ兄ちゃんの名をつけた益吉屋をやります」

寅吉は引き締まった表情で言った。

「そうかい。そりゃあ兄ちゃんも浮かばれるよ。それにしても……」

ざるに入れた蕎麦の水気を切ってから、留蔵は続けた。

「うちへよく通ってくれた兄ちゃんとそっくりになったな。背丈もちょうど同じくらいだ」

屋台のあるじは感慨深げに言った。

益吉、信吉、千吉。

その三人組で、湯屋の帰りによく屋台に寄って蕎麦をたぐったものだ。益吉が二十一歳の若さで亡くなり、その遺志を継いで潮来から出てきた寅吉が六年あまりの修業を終え、これから故郷に戻って見世を開こうとしている。留蔵が感慨を催すのも無理はなかった。

「はい、お待ち」

蕎麦ができた。

「味わって食わなきゃ」

寅吉が受け取る。

「のどか屋の豆腐飯の豆腐を蕎麦にのっけただけだがよ」

と、留蔵。

「いや、それがうめえんで」

信吉が言った。

「ああ、またひと味違っておいしい」

さっそく箸を動かした千吉が笑みを浮かべた。

「兄ちゃんも食ってたかと思うと、心に味がしみまさ」

ひとかどの若き料理人に育った寅吉が言った。

「益吉兄さんとよく食ったから」

信吉が瞬きをした。

「潮来の見世を開いたら、きっと手伝ってくれるよ」

千吉は寅吉に言った。

「あの世からいい風を吹かせてくれるから、きっと見世は大繁盛（だいはんじょう）だ」

留蔵が笑う。

「兄ちゃんの名をつけた見世だから、それに恥じないようにしねえと」

寅吉が言った。

「ただ、あんまり力（りき）むとろくなことにならねえから」

屋台のあるじが言う。

「そうそう、気負わずにやんな」

兄弟子の信吉がそう言って、また蕎麦を啜った。

「寅吉なら大丈夫だよ」

千吉が白い歯を見せた。

「へえ、気張ってやるべ」

半ばはおのれに向かって、寅吉は言った。

蕎麦の丼はみなきれいに空になった。

「なら、体に気をつけてな」

留蔵が言った。

「おやっさんも、お達者で」

ことによると、これで永の別れになってしまうかもしれない。

寅吉の目は少しうるんでいた。

第六章　鯉汁と蕎麦水団汁

一

その日が来た。

長逗留をしていた潮来の面々はこれから出立する。

「豆腐飯も食い納めだべ」

丑松が名残惜しそうに言った。

「潮来の見世で出るっぺや」

兄の富助が笑った。

「いくらでもつくるんで」

寅吉が身ぶりをまじえた。

「なら、銭を払ってやるから」

父が笑顔で答えて茶を啜った。

「おいらも食うよ」

「兄ちゃんの料理はうめえから」

二人の弟が言う。

そんな調子で、豆腐飯の朝餉が終わった。

浅草から長吉と信吉が着いた。

「ここまで来るだけで疲れたぜ」

長吉が苦笑いを浮かべた。

「これから潮来を皮切りに関八州を廻らなきゃならないのに」

おちよが言った。

「まあ、休み休み行くさ」

長吉はそう答えると、おようが出した湯呑みの茶を啜った。

「達者でいなよ、万吉」

座敷にちょこんと座った三代目に向かって言う。

「おとっつぁんが帰るころには、たくさんしゃべるようになってるから」

おちよは笑顔で言った。

「おう、楽しみにしてるぜ」

古参の料理人が軽く右手を挙げた。

「長吉屋の留守は、わたしがしっかり守りますから」

時吉が言った。

「おれはもう隠居で何もしてねえから。任せるぜ」

と、長吉。

「のどか屋の厨は、おいらが気張るので」

信吉が千吉に言った。

「頼りにしてます、兄弟子。どうかよしなに」

千吉はていねいに頭を下げた。

黒四組の面々はここに集まらず、ほうぼうを調べながら潮来へ向かうと昨日来た万年同心から聞いた。これで段取りは整った。

「なら、おかあの言うことをよく聞いて、いい子にしてるんだぞ」

父の顔で、千吉が万吉に言った。

「いい子にしてるわね」

母のおようが笑みを浮かべた。

だが……。

やっとよちよち歩きを始めたわらべなりに何かを察したのか、万吉の表情がだしぬけに変わった。

「おとう、おとう……」

そう言いながらわんわん泣く。

「大丈夫だ。帰ってくるから」

千吉はわが子の頭をなでてやった。

「すまねえこって。潮来まで来てもらって」

寅吉がわびた。

「いや、ここはひと肌脱ぐところだから」

千吉は笑って答えた。

「よし、行くか」

長吉が湯呑みをおちよに返した。

「行きましょう」

千吉が気の入った声を発した。

二

みなに見送られ、一行はのどか屋を出た。

行徳までは船便がある。使う客が多い行徳船だ。

行徳からは徒歩になる。茶船が出る木下まではおおよそ九里（約三十六キロ）だ。

「最後に鎌ヶ谷の大仏さまを拝んでくるべや」

丑松が言った。

「帰りに寄るつもりだったがら」

ともに歩きながら、富助が言った。

「今日は鎌ヶ谷までだから、あと少し。もうひと気張りだよ」

歩き疲れた様子の正松に向かって、千吉が言った。

「うん」

九つのわらべがうなずく。

「明日の木下からは船で楽だからよ」

長吉もいささかうんざりした顔で言った。

「そこまで気張って歩くべ」

吉松が弟を励ました。

そんな調子で、鮮魚街道とも呼ばれる道を進み、鎌ヶ谷に着いた。

幸いなことに、大仏から旅籠まではそう離れていなかった。お参りを終えた一行は、荷を下ろして内湯に浸かり、夕餉に舌鼓を打った。

新鮮な魚が入るから、刺身の盛り合わせがつく夕餉はなかなかに豪勢だった。

「つみれ汁がうめえべ」

丑松が笑みを浮かべた。

ただし、古参の料理人はややあいまいな表情だった。

「生姜が足りませんか」

それと察して、千吉が長吉に問うた。

「おう、よく気づいたな」

長吉は満足げに答えた。

「このひと味が大事ですね」

寅吉が言う。

「そのとおりだ。わずかな加減で料理の出来不出来が変わる」

と、長吉。

「こちらの味噌は上出来で」

千吉がそう言って味噌をのっけた飯を胃の腑に落とした。

「金山寺味噌だな。このあたりでもつくってるようだ」

長吉が箸で示した。

大豆に麦麹を合わせ、瓜や茄子や生姜などの野菜を加えた味噌だ。飯とともに食すのもいいが、それだけで酒の肴にもなる。

「益吉屋でもつくるべや」

丑松が水を向けた。

「うん、つくるべ」

寅吉がいい声で答えた。

「潮来へ戻って、益吉屋の船出をして、帆が風を孕むまで、わたしがちゃんと助けるから」

千吉が笑みを浮かべた。

「おれは見世の段取りがついたところで銚子の弟子のところへ向かうから、頼むぞ、千吉。帰りにまた寄れれば寄るがな」

長吉がそう言って孫に酒をついだ。

「承知しました、大師匠」

今度は千吉がいい声で答えた。

三

翌朝、鎌ヶ谷の旅籠を出た一行は、さらに街道を進んだ。

木下が近づいたころ、後ろから声がかかった。

「おう、追いついたぜ」

千吉が振り向くと、黒四組のかしらの顔が見えた。

韋駄天侍こと井達天之助と、日の本の用心棒こと室口源左衛門もいる。

「あっ、安東さま」

千吉の顔が、ぱっと晴れた。

「ご苦労さまで」

長吉が労をねぎらった。

「これから網を絞るところでな」

あんみつ隠密は身ぶりをまじえた。

「捕り物はいくらか先で」

無精髭を生やした室口源左衛門が言う。

「ほうぼう駆けずり回って下調べをしていたんです」

井達天之助が太腿をたたいた。

「これから木下茶船で佐原へ向かう。べつの船になると思うが、客や船頭に妙なやつがいたらあとで知らせてくれ」

安東満三郎は千吉に言った。

「船頭もですか？」

千吉はややいぶかしそうに問うた。

「おう、なかにはたちの悪い船頭もいる。どうやら西のほうから流れてきた悪党の手下が船頭に身をやつして、金を持っていそうな客を物色してるらしい。尻尾をつかめたら、土地の役人にもつないで捕り物だ」

黒四組のかしらが言った。

「承知しました。目を光らせています」

千吉はおのれの目を指さした。

「頼むぜ」

あんみつ隠密が引き締まった表情で答えた。

木下茶船には大小があり、乗れる人数が違っている。長吉、千吉、寅吉、丑松、富助、吉松、正松の七人は十二人乗りの大きめの船になった。あとの五人は相乗りの客だ。

小さいほうは八人乗りになる。そのほかに、農閑期にだけ出る四人乗りの旅船もかなり出ていた。黒四組の三人は小船に乗ることになった。

「ここまで来たら、もうちょっとだべ」

丑松が言った。

「帰ったら大工のせがれを呼んで、さっそく普請にかかるべや」

富助が二の腕を軽くたたいた。

「見世のつくりも料理も、のどか屋が手本なので」

寅吉が言った。

「なら、檜の一枚板の席だな？」

富助が問う。

「それと座敷と厨があれば、すぐにでも見世を開けるから」

寅吉が乗り気で答えた。

「のれんと看板も要るよ」

千吉が言う。

「看板もせがれにやらせるべ」

富助がすぐさま言った。

「染物屋とは幼馴染だ。いいものをつくってもらうべや。見世のあたりもついてる」

丑松が笑みを浮かべた。

「なら、早めに銚子へ廻れそうだな」

長吉がうなずいた。

十二人乗りの茶船は順調に進んだ。

乗り合わせた一人は大店のあるじとおぼしい福相の男で、日に映える結城紬の着物をまとっていた。ほかに番頭と手代も付き従っている。

どうしたことか、途中で千吉が矢立を取り出し、小ぶりの帳面に何やら書きだした。

「どうかしたか？」

長吉がいぶかしげに問うた。

「いや、ご隠居さんに倣って、発句でもと思って、ははは」

千吉は笑ってごまかした。

だが……。

千吉が書き記していたのは発句ではなかった。

「木場の材木問屋の和泉屋といえば、江戸じゅうに名の轟いた大店ですな」

相席の客の名乗りを聞いて、べつの客が驚いたように言った。

「いやあ、それほどでも」

和泉屋のあるじはまんざらでもなさそうな顔つきで答えた。

「へえ、材木問屋の和泉屋はんでっか」

艪を漕ぎながら、船頭が言った。

船頭には、上方の訛りがあった。

四

千吉たちを乗せた木下茶船は佐原に着いた。

佐原の江戸まさり、と言われる。江戸にまさるとも劣らぬ繁栄ぶりだ。

かつては潮来のほうが栄えていたのだが、享保年間（一七一六－一七三六）に利根川が氾濫したせいで、川筋が佐原のほうへ曲がってしまった。江戸との行き来が便利になった佐原は、おかげで以前よりはるかににぎわうようになった。

佐原からは小船に乗り換え、江間と呼ばれる水路をたどって潮来へ向かう。浅くなっているところもあるため、熟練した船頭でなければ荷が重い航路になってしまった。

「ちょっと待っててください。つながなきゃならないことがあるので」

小船に乗り換える前に、千吉が言った。

「あんみつの旦那にか」

長吉が問う。

「ええ。気になることがあったもので」

千吉は答えた。

「べつに急ぐことはねえがらよ」

丑松が笑みを浮かべた。

「用を済ませてからでいいべ」

富助も和した。

ややあって、黒四組の面々を乗せた茶船が着いた。

さっそく千吉が歩み寄り、例の件を伝えた。

「そうか。そりゃ勘ばたらきかもしれねえ」

安東満三郎が色めき立った。

「いままで探ってきたことと平仄(ひょうそく)が合いますね」

井達天之助が言う。

「どう合うんです？」

千吉がたずねた。

「だいぶ前だが、茶船の船頭が客の金を奪って殺(あや)めて、お仕置きになったことがある。江戸から三十両を持ち帰ろうとした魚の荷主に目をつけた伝三郎(でんざぶろう)という船頭が悪事を働いたんだが、それ以来、河岸問屋では日締帳(ひじめちょう)をつけて船頭や客の名などを記しておくようになった」

黒四組のかしらが答えた。

「すると、むやみに悪さはできないはずですが」

千吉が首をかしげた。

「船頭は金を持っていそうな客を物色(ぶっしょく)してつなぐだけで、悪さはべつのやつがやる。そうすれば、怪しまれることもない。欲に目がくらんでお仕置きになった船頭とは大違いだ」

あんみつ隠密が言った。

「で、その船頭の人相風体（にんそうふうてい）は？」

今度は室口源左衛門が問うた。

「似面（にづら）を描いておきました。あんまりうまくないけど」

千吉は茶船の中で描いていたものを見せた。

「おう、これなら上々だ」

ちらりと見て、安東満三郎が言った。

「すぐ分かるでしょう。手下がかしらにつなぐのを待ちましょう」

韋駄天侍の表情が引き締まった。

「あとは芋蔓（いもづる）を引っ張って捕り物ですな」

室口源左衛門が身ぶりをまじえた。

「おう。大詰めは近いぜ。またかわら版に載るぞ、二代目」

あんみつ隠密は千吉に言った。

「どうぞお気をつけて。わたしは潮来へ向かわなきゃならないので」

千吉は答えた。

「一段落ついたら顔を出すからよ。うめえもんを食わせてくれ」

安東満三郎は白い歯を見せた。

「お待ちしております」

千吉は笑顔で答えた。

五

一行は小船に乗り換えた。

幸い、天候には恵まれた。

日の光を弾く江間を、小船はゆるゆると進んでいく。

「家よりお寺のほうが船着き場に近かったですよね」

千吉が丑松に訊いた。

「ああ。新久（あらく）の家より、常称寺のほうが近いべ」

丑松が答えた。

「益吉の墓がある寺ですかい」

長吉が問う。

「そうです。先に寄っていきますかい」

と、丑松。

「そりゃあ、ぜひ。まずは益吉の墓参りをしねえと」

長吉はすぐさま答えた。

段取りが決まった。

船着き場で小船を下りた一行は、益吉の墓がある常称寺に向かった。

住職の真願和尚は温顔であたたかく出迎えてくれた。

「立派になりましたねえ」

寅吉の姿を見て、和尚は驚いたように言った。

「益にそっくりになってきて」

丑松が言った。

「いよいよ潮来に帰って、料理屋を開くんだべさ」

富助が言う。

「気張ってやります。こちらは師匠で」

寅吉が長吉のほうを手で示した。

「江戸の長吉屋のあるじで。せっかく潮来から来た弟子を預かりながら病で死なせちまって、遅ればせながら墓参りにと」

長吉はそう言って目をしばたたかせた。

「さようですか。ご案内いたしましょう」

墨染(すみぞ)めの衣をまとった僧が一礼した。

益吉の墓に着いた。

まず寅吉が言った。

「帰ってきたよ、兄ちゃん」

「おめえにそっくりになって帰ってきたべや」

益吉がそこに立っているかのように、丑松が言った。

「寅兄ちゃんが益吉屋を開くからね」

弟の吉松が墓に向かって言う。

長吉は一心に両手を合わせ、小声でひとしきりお経を唱えていた。

「寅吉を助けてやって」

千吉も声をかけた。

長吉のお経が終わった。

「益吉」

指で目元をぬぐい、瞬きをしてから若死にした弟子の墓に声をかける。

「寅吉はおれんとこで修業したが、まだ腕が甘え。見世がはやるように、あの世から見守って、いい風を吹かせてやってくれ」

長吉はしみじみとした口調で言った。

「頼むよ、兄ちゃん」

寅吉が感慨のこもった笑みを浮かべた。

六

常称寺からしばらく歩き、新久の家に着いた。

寅吉の里帰りだ。

「まあ、大きくなって、背丈が伸びて」

母のおとらが目を瞠った。

「達者だったべ、おっかあ」

寅吉が言った。

「まあ、どうにかね。あ、こちらの料理人さんも立派になられて」

おとらは千吉を見て言った。

かつて父の時吉とともにたずねたことがある。

「しばらく世話になります。寅吉の見世が船出するまで、わたしがついていますので、どうかよしなに」

千吉が頭を下げた。

「こちらは、益の師匠だった料理人さんだべ」

丑松が長吉を紹介した。

「江戸の長吉屋のあるじです。いま墓参りをしてきたところで。益吉は若死にさせちまっていまだに残念に思ってますが、弟の寅吉はどうにか一人前に」

長吉は神妙（しんみょう）な面持ちで言った。

「それはそれは、ありがたいことで」

寅吉の母は両手を合わせた。

「寅が見世を出せるくらいにまで育ててくださったんだべ」

丑松が言った。

「いや、寅吉が里帰りもせずに気張ったおかげで」

長吉は弟子のほうを手で示した。

「益兄ちゃんの形見の包丁は、さらしに巻いて持って帰ってきたから」

寅吉は母に言った。

「なら、うめえもんをつくってくれるべや」

おとらが笑みを浮かべた。

「おれは見世の場所をたしかめたら銚子の弟子のもとへ発つから、最後に何かつくってくれ」

長吉が言った。

「承知しました」

寅吉の表情が引き締まった。

「わたしも手伝うから」

千吉が笑みを浮かべる。

「大豆は昨日から水に浸けてあるんで、呉汁ならできるっぺ」

おとらが言った。

「なら、呉汁を使った蕎麦水団汁をつくるべ」

寅吉が言った。

「益吉が最後に食べたがった料理だな」

長吉が感慨深げに言った。

呉汁は大豆をすりつぶしたものにだしを張り、具と味噌を入れてつくる料理だ。大豆をすりつぶすには、ひと晩水に浸けてやわらかくしておかねばならない。

呉汁と味噌が響き合う、素朴ながらも深い味わいの汁だ。蕎麦を練った水団を入れるとうまい。

この呉汁を使った蕎麦水団汁を、かつて死の床に就いた益吉が欲した。なつかしい潮来の味だ。小さいころから母のおとらがよくつくってくれた。

しかし……。

間に合わなかった。益吉がかろうじて胃の腑に少し入れたのは、蕎麦つゆを使った水団汁だった。

呉汁にならなかった大豆は、益吉の通夜振舞の大豆飯になった。千吉も涙を流しながら食したものだ。

「それは、ぜひつくって」

千吉は寅吉に言った。

「兄ちゃんの思い出の料理だから、しっかりつくります」

寅吉は引き締まった表情で答えた。

「魚は何が入ってる？」

丑松が問うた。

「そうそう、いい鯉が入ったからって何匹かもらったんだけど、どうするべと思ってたとこで」

おとらが答えた。

「そりゃあ、腕を見るのにちょうどいいな」

古参の料理人が言った。

「なら、今日は洗いで、下ごしらえをして、明日は鯉汁とうま煮で」

寅吉が案を出した。

「いいぞ。おれも同じことを考えてた」

長吉の目尻にいくつもしわが浮かんだ。

七

寅吉は腕をふるって鯉の洗いをつくった。

また、鯉を下茹でして寝かせておいた。こうしておけば臭みも抜けて、明日はうまい鯉汁になる。

「おう、うめえべ」

さっそく洗いを味わった丑松が言った。

「どうですかい、寅の腕は」

夕餉まで付き合っている伯父の富助が長吉に訊いた。

「まあ、おれの目から見たらまだまだ甘えが……」

古参の料理人はそう前置きしてから続けた。

「飯屋ならこれで上々でしょうや」

長吉はそう言って笑った。

続いて、うま煮の支度にかかった。

これも味を含ませるためにひと晩おいておく。

「いいものを持ってきたんだ」

千吉がにやりと笑って、小ぶりの蓋付きの瓶（かめ）を取り出した。

「おっ、ひょっとして、あれか？」

それと察して、長吉が問うた。

「あれです」

千吉はそう言って、蓋を取った。

ふわっ、と深い香りが漂う。

「それは？」

寅吉が指さした。

「のどか屋でつぎ足しながら使ってる『命のたれ』だよ。これからつくり方を教えるから」

千吉は笑顔で答えた。

「何よりのはなむけだな。これを使うと煮物の味が深くなる」

長吉も笑みを浮かべた。

「ありがてえ」

寅吉は両手を合わせた。

「大事に使いますんで」

千吉に向かって言う。

「いいものをもらったべ」

丑松が笑みを浮かべた。

「兄弟子からの何よりのはなむけだべ。大事に使え」

富助が言った。

「へえ。家宝(かほう)にします」

寅吉は感慨深げな顔つきでうなずいた。

「よし、なら、つくり方を教えるよ」

千吉が両手を打ち合わせた。

「お願いします」

寅吉は小気味よく頭を下げた。

八

のどか屋の命のたれを使った料理が供せられたのは、翌日の朝餉だった。

「朝から豪勢だな」

長吉が笑みを浮かべた。

鯉のうま煮に鯉汁。

前の日から仕込んでおいた鯉料理に、大豆飯と香の物がつく。

「蕎麦水団汁は中食かい?」

千吉が問うた。

「朝から汁を重ねるわけにはいかないんで」

寅吉が笑って答えた。

一つ一つ、じっくり吟味（ぎんみ）しながら長吉は鯉づくしの朝餉を味わった。

「もうひとこくが足りねえが、料理人としての年輪（ねんりん）を重ねていくにつれておのずとにじみ出てくるだろう」

古参の料理人は含蓄（がんちく）のある言葉を発した。

「はい」

益吉屋のあるじになる若者がうなずく。

「おっかあにはとても出せない味になったべ」

鯉汁の舌だめしをしたおとらが言った。

「江戸で修業した甲斐があったべや」

父の丑松も満足げに言う。

「これなら益吉屋も大丈夫だね」

千吉が白い歯を見せた。

朝餉を終えると、普請で手を入れて益吉屋を出す場所を検分することになった。

寅吉と千吉、丑松といったんわが家に戻っていた富助、それに、富助のせがれで大工の富太郎が同行した。

「お女郎を置かねえ料理屋で勝負するなら、ここいらはちょうどいいかと」

案内しながら、富助が言った。

潮来には遊郭があり、遊女を置く見世で料理を味わう客が多い。そちらのほうでは名の通った見世が何軒もあった。

「ただの飯屋は存外に少なくて不便なんだべさ」

富太郎が言う。

「そういう客をしっかり捕まえて、江戸から水郷遊覧に来た客も来てくれるようになりゃ鬼に金棒だな」

長吉が言った。

「気張ってやります」

寅吉がいい顔つきで答えた。

益吉屋ののれんを出す場所は通りの角で、人の往来もわりかたあった。

「晴れた日にゃ長床几を置いて、団子や蕎麦などを出すようにできるぜ。中でゆっくり呑み食いする客と、往来をながめながらささっと食う客に分ければいい」

長年、長吉屋を営んできた男がそんな知恵を出した。

「なるほど、そりゃいいべや」

丑松が乗り気で言った。

「あっ、向こうに筑波山が見える」

千吉が指さした。

小さいながらも、山の頂の姿がくっきりと見えた。

「なら、ここに長床几を置くべ」

富助が身ぶりで示した。

「だいぶ見えてきたね」

千吉が笑顔で言った。

元は豆腐屋だったから、いい井戸があった。奥行きもあるから、一枚板の席も座敷もつくれる。

「いっそのこと、おのれで豆腐をつくって豆腐飯を出したらどうだ。それなら、寄せ豆腐や胡麻豆腐なども出せるぞ」

長吉が水を向けた。

「前の豆腐屋はもう歳で、腰が曲がってつとめが大儀だからやめちまったけど、頭はしっかりしてるがら豆腐づくりは教えられるべ」

富助が言った。

「そりゃあいいな。人手が要るからさすがに豆腐屋との二股は初めからかけられねえだろうが、そういう道もできる」

長吉が手ごたえありげに言った。

「田楽を焼いて長床几で食べていただくのもいいよ」

千吉も知恵を出した。

「普請の前から繁盛してるべ」

大工の富太郎がそう言ったから、おのずと和気が漂った。

こうして、場所の下見は滞りなく終わった。

九

弟子の見世の場所をたしかめた長吉は、中食が終わり次第、銚子の弟子のもとへ向かうことになった。

「最後の舌だめしだから、気を入れてつくれ」

弟子の寅吉に言う。

「承知しました」

寅吉は小気味よく頭を下げた。

銚子から届いたばかりの秋刀魚は刺身にした。

三枚におろし骨を取り、皮をはいで切って盛り付ける。

寅吉は鉢巻きを締め、懸命に包丁を動かした。

これに、亡き兄ゆかりの蕎麦水団汁と大豆飯がつく。蕎麦水団汁は、益吉が最後に呑みたがった呉汁を使った汁だ。

「お待たせいたしました」

寅吉が神妙な面持ちで膳を運んできた。

「いくらかしくじってるな」

長吉がすぐさま刺身を見て言った。

「へえ、皮をはぐのに手間取ってしまって」

千吉は頭に手をやった。

「しくじったものを出すくらいなら、たたきにしちまえ。頭をすぐ切り替えながらやらねえと、客が逃げちまうぞ」

長吉が苦言を呈する。

「肝に銘じます」

寅吉が殊勝に答えた。

「蕎麦の水団汁はいい味だよ」

千吉がなだめるように言った。

「そうだな。益吉が最後にこれを食いたかったかと思うと、また胸が詰まりやがる」

長吉はそう言って箸を動かした。

「あの子は、最後にこれを……」

おとらが目をしばたたかせる。

「呉汁の蕎麦水団汁は、益のいちばんの好物だったべ」

丑松がしみじみと言った。

「これからはおめえの見世で出しな、寅吉」

長吉が言った。

「気張って出します。兄ちゃんの思いも乗せて」

寅吉は引き締まった表情で答えた。

中食が終わった。

みなは長吉の見送りに出た。

「では、気をつけて、大師匠」

千吉が声をかけた。

「おう、帰りに寄るからな」

長吉が右手を挙げた。

「益吉屋でお待ちしてます」

寅吉が頭を下げた。

「楽しみにしてるぜ」

古参の料理人は、笑顔で弟子に言った。

第七章　益吉屋開店

一

　普請は順調に進んだ。

　富助のせがれの富太郎はなかなかの腕で、大工として人も使っている。檜の一枚板の席も座敷も、見る見るうちに仕上がっていった。

「厨ものどか屋に引けを取ってないよ」

　助っ人として残っている千吉が寅吉に言った。

「うん、あとはおいらの腕次第で」

　寅吉は笑みを浮かべた。

「あとは豆腐づくりの修業だべ」

富助が言った。

屋根は富助の受け持ちだ。のれんはもう染物屋に頼んである。

「いつからでも入れますんで」

寅吉が答えた。

「なら、善は急げだっぺ。これから安さんのとこへつれてくべや」

伯父は段取りを進めた。

元豆腐屋の安兵衛は身を動かすのが大儀になって隠居をしたが、まだ頭は充分に回っているらしい。

「承知で。しっかり憶えますんで」

寅吉はいい声で答えた。

「本当はここで手本を見せながらがいいんだが、そういうわけにもいかねえべや」

と、富助。

「帳面を持っていくんで、言われたことを忘れねえように書いて、やってみて分からないことはまた訊けばいいかと」

寅吉が言った。

「そうだな。気を入れていくべ」

富助が笑みを浮かべた。

話に聞くとおり、元豆腐屋は腰こそだいぶ曲がっていたが、頭はしっかりしていた。

ありがたいことに、安兵衛のほうでもあらかじめ書き物をして、豆腐づくりの勘どころを記してくれていた。

「ありがてえことだべ」

寅吉はていねいに頭を下げた。

「天気の加減で水に浸ける長さが変わってくるがら、そのあたりが豆腐づくりのむずかしいとこだべ」

安兵衛が言った。

「へい、承知で」

寅吉がじっと元豆腐屋の書き物を見て答えた。

「そのあたりはしくじりながら気張ればいいべ」

富助が言った。

「飯屋で出す豆腐なら、しくじってもほかのもんを出せるべや。豆腐屋でしくじったら後がねえけどよ」

安兵衛がそう言って笑った。

そんな調子で、豆腐屋の引き継ぎが終わった。

これでまた一つ関所(せきしょ)を通った。

二

屋根がきれいに仕上がった。

あとはのれんができるのを待ち、座敷に畳が入ればおおかた出来上がりだ。

長床几の支度も整った。せっかくだから緋毛氈(ひもうせん)を敷いた派手やかなものにした。

「おう、ここで田楽を食うんだな。筑波山も見えるし、ちょうどいいべや」

せがれの見世を見にきた丑松が言った。

「味噌をこぼして汚しちまうかもしれねえべ」

吉松が緋毛氈を指さした。

今日は二人の弟も一緒だ。

「そりゃしょうがないよ。外で食べるあつあつの田楽はお客さんが喜ぶから」

千吉が笑顔で言った。

「その田楽は？」

正松が無邪気に問う。

「まだ豆腐がしっくりきてねえから、もうちょっと待つべ」

寅吉が答えた。

「うかうかしてたら、見世びらきに間に合わねえべや」

丑松が案じる。

「おぼろ豆腐などは上出来なので。あとは豆腐飯と田楽に使う豆腐がしっかり固まれば大丈夫でしょう」

千吉が見通しを示した。

「気張ってやるから」

寅吉が弟たちに言った。

「なら、手伝うべや」

吉松が腕まくりをした。

「おう、頼むべ」

寅吉が右手を挙げた。

呉汁を使った蕎麦水団汁も大豆飯も上々の出来だった。潮来はいい鰻がとれるが、蒲焼きも堂(どう)に入っていた。

「うん、うめえべ」

蒲焼きを食した丑松が満足げに言った。

「焼き加減も、たれもいいよ。江戸の鰻屋にも負けない味だ」

千吉が太鼓判を捺した。

「なら、あとは豆腐を気張れば」

寅吉は笑顔で答えた。

三

のれんができあがった。

丸に益、と染め抜かれている。

紺色だが、日の光が当たると色合いが明るくなり、美しい水を彷彿(ほうふつ)させる。染物屋が腕によりをかけて手がけたのれんは見事な出来栄えだった。

「これを守っていかねえと」

掛けてみたのれんを見て、寅吉が言った。

「益もあの世で喜んでるべ」

丑松が感慨深げにうなずく。

「ほんに、いい按配で」

おとらは、いくたびも瞬きをした。

続いて、畳が入った。

飯屋だから座敷は板の間でもいいところだが、祝いごとなどはやはり畳が入っていたほうが映える。真新しい畳が入ると、藺草(いぐさ)のいい香りが漂った。

見世びらきが近づくにつれて、寅吉の豆腐は格段に良くなっていった。

「うん、これなら煮くずれもしないし、おいしい豆腐飯になるよ」

舌だめしをした千吉が太鼓判を捺した。

「やっと分かってきたけど、まだまだ水に浸ける長さに気をつけないと」

寅吉が笑顔で答えた。

「おいらも手伝うべ、兄ちゃん」

吉松が言った。

「おう、力を合わせてやるべや」

寅吉が力こぶをつくってみせた。

豆腐がさまになると、田楽もいい塩梅に仕上がった。

末の弟の正松も呼び、長床几の客に出す稽古をした。

「お待たせいたしました。豆腐田楽とお茶でございます」

千吉が手本を見せた。

「ていねいに言わねえといけねえべ？」

吉松がたずねた。

「そりゃ、客商売だから」

寅吉がすぐさま答えた。

「よし、なら、舌だめしだべ」

丑松が両手を打ち合わせた。

見世びらきの前の舌だめしだから、おとらと夫婦で来ている。

「ああ、いい香り」

おとらが手であおいで見せた。

田楽味噌の香りがおのずと食い気をそそる。

「おっ、ちいと焦げたとこがうめえべや」

丑松が笑顔で言った。

「豆腐はどう？」

寅吉が問う。

「ちゃんと歯ごたえがあるべ」

父が満足げにうなずいた。

「安兵衛さんのお豆腐にも負けてないよ」

おとらが言った。

「そうかい。なら、良かった」

寅吉がほっとしたような顔つきになった。

「うんめえ、兄ちゃん」

正松も声をあげた。

「ありがとよ」

寅吉は笑みを返した。

九つのわらべは世辞(せじ)を言わない。田楽を食べる様子を見れば分かる。これならいけそうだ。

ほどなく、富助と富太郎も顔を見せた。

そちらにも田楽とお茶が供される。

「おう、ここまで来たら胸を張って出せるべや」

富助が太鼓判を捺した。

「こりゃ、銭を取れる味だべ」

富太郎も和す。

「気張った甲斐があったね」

千吉が兄弟子の顔で言った。

「はい、ありがたく存じます」

寅吉がいい顔つきで頭を下げた。

四

見世びらきの日が決まった。

千吉は江戸ののどか屋の若あるじだ。そうそう長く潮来で引っ張るわけにもいかない。早くのれんを出し、「よし、これなら」という客の入りになれば、江戸へ戻ってもらいたい。寅吉も家族もこぞってそう思っていた。

見世びらきの前に、まだやっておくべきことがあった。

引き札の刷り物配りだ。

そちらのほうにも手づるがあったため、存外に早く刷り上がった。

丸に益。

刷り物にも屋号が入っていた。

とうふめし　でんがく　うなぎ
そばすいとん汁　さかないろいろ
益吉屋

丑の日いよいよ見世びらき
いたこ船つき場あがり右まつすぐ
あるじは江戸の名店にて修業
味は江戸じこみ
なんでもうまい

あまりうまくはないが、田楽を笑顔でほおばる絵まで入っていた。

「おう、こりゃいいな。さっそくみなで配るべ」

丑松が乗り気で言った。

「おとうの干支に合わせて、丑の日に見世びらきにしたべや」

寅吉が笑顔で言った。

「そりゃありがてえ」

丑松は少しおどけて両手を合わせた。

「なら、さっそく行きましょう」

千吉がうながした。

のどか屋の呼び込みもやっていたから、刷り物配りはお手の物だ。

「何か声をかけるべ？」

吉松が問うた。

「益吉屋、開店です。どうぞよしなに、と」

千吉が答えた。

「どうぞよしなに」

吉松が声を発した。

「そうそう、その調子。とにかく、元気を出して明るく」

千吉が白い歯を見せた。

「おいらもやるべ」

末の正松も手を挙げた。

「おう、頼むべや」

寅吉がさっと右手を挙げた。

五

「益吉屋、開店です」

「どうぞよしなに」

船着き場の近くでいい声が響いた。

水郷遊覧に来た客に向かって、とにもかくにも刷り物を渡す。

「おっ、見世びらきかい」

「いい娘(こ)はいるのか？」

客の一人が問うと、仲間からいささか下卑(げび)た笑い声があがった。

「うちはそういう見世じゃないんで」

寅吉がややむっとした顔で答えた。

「名物の豆腐飯に、長床几に座って味わっていただく田楽。それに、鰻の蒲焼きに呉汁を使った蕎麦水団汁など……」

ここぞとばかりに千吉が言ったが、水郷遊覧の客たちは冷ややかだった。

「ただの食い物ばっかりじゃねえか」

「きれいどころはいねえのかよ」

「おれら、それを目当てに来たんだからよ」

男たちは口々に言った。

「兄弟でやる見世なんで」

吉松が気丈に言い返した。

「けっ、男しかいねえのか」

「なら、行ってもしょうがねえな」

顔に険のある男は、そう言うなり渡されたばかりの刷り物をびりっと破って捨てた。

「おれらはよそへ行くからよ」

「せいぜい気張りな」

「男の兄弟だけがやってる見世なんて、はやるかよ」

「潮来は女郎目当てに来るやつがほとんどだからよ」

男たちは侮(あなど)るように言って去っていった。

「気にしないで」

破られた刷り物を悔しそうに拾い上げた寅吉に向かって、千吉が言った。

唇を嚙んだまま、寅吉がうなずく。

「そのうち、見返してやるべ」

吉松が言った。

千吉が励ました。

「気を取り直していこう」

「うん」

半ばべそをかいていた正松がうなずいた。

「地元の人にも配ったほうがいいべ」

吉松が言った。

「そうだな。棒手振りさんなどが通る道で、とにかく粘って渡そう」

千吉が答えた。

「よし、気合だべ、兄ちゃん」

吉松が言った。

「おう」

気を取り直して、寅吉が答えた。

「正松も気張れ」

千吉が励ます。

「うん」

目元をぬぐって、わらべが答えた。

六

丑の日になった。

いよいよ見世びらきだ。

益吉屋の前に、真新しいのれんが出された。

しかし……。

田楽を供するはずの長床几は据(す)えられなかった。

朝からあいにくの雨で、出すことができなかったのだ。

「出鼻をくじかれちまったべ」

寅吉があいまいな顔つきで言った。

蕎麦水団汁に豆腐飯、それに小鉢と香の物をつけた益吉屋の顔とも言うべき膳は三十食用意した。初めは四十食のつもりだったのだが、手堅く数を抑えた。

それでも、客足は鈍かった。

無理もない。だんだん本降りになってきた。

屋根職人の富助と、大工の富太郎にはそれぞれに人のつながりがある。その義理で足を運んでくれた客もいたが、三十食には程遠かった。

さりながら、膳を食した客の評判は良かった。

「この豆腐飯は絶品だべ」

「こんなうめえもん、食っだことがねえ」

初日に来た客は感激の面持ちでそう言ってくれた。

「うちは江戸で旅籠もやってるんですけど、この豆腐飯を食べたいがためにお泊まりになる常連さんもたくさんおられます」

千吉がここぞとばかりに言った。

「兄弟子がわざわざ助っ人に来てくださったんで」

寅吉が千吉を立てた。

「そりゃ、ありがてえことだべ」

「江戸の料理屋さんで？」

客の一人がたずねた。

「はい、横山町ののどか屋という見世で、旅籠もついております。中食のあとくらいから、両国橋の西詰で呼び込みをしておりますし、横山町ののどか屋と言えばおおかた分かるはずですので、江戸へおいでの際はぜひお越しくださいまし」

千吉は如才なく答えた。

「そこに泊まると、この豆腐飯が食えるべや」

客はそう言って、また匙を動かした。

豆腐飯ばかりでなく、蕎麦水団汁も匙があると食べやすい。むろん箸もつけるが、そのあたりは細かい心遣いだ。

「はい、朝餉は必ず豆腐飯になっておりますので」

千吉は笑顔で答えた。

「この蕎麦の水団も、ちょうどええ塩梅だべ」

べつの客が言った。

「へえ、死んだ兄ちゃんが好きだった料理で」

寅吉が答えた。

「兄ちゃんは死んじまったのかい」

客が気の毒そうに問う。

「料理人になると言って、江戸へ修業に行ったんですが……」

寅吉の顔つきが曇った。

「わたしの兄弟子だったんですが、急な病で亡くなってしまって。見世の名の益吉というのは、その兄弟子の名で」

言葉に詰まった寅吉の代わりに、千吉が告げた。

「そうだったのかい。そりゃ気の毒だったべ」

「で、弟が代わりに料理人に？」

客がたずねた。

「へえ。同じ見世で六年修業をして、潮来へ帰ってきました」

寅吉が答えた。

「わたしの祖父がやっている浅草の長吉屋という名店で」

千吉が言葉を添えた。

「修業の甲斐のある料理だったべや」

「また来るべ」

客はそう言ってくれた。

「お待ちしております」

寅吉はやっと笑みを浮かべた。

そんな調子で、励みになる客も来てくれたが、初日の入りは惨憺たるものだった。

表に出て呼び込みをしたくても、本降りの雨だ。これではいかんともしがたい。

「明日だね。晴れるのを祈ろう」

千吉が言った。

「ずっと降ることはねえべ」

吉松が外のほうを見て言う。

「そうだな。そのうち上がるべや」

寅吉も気を取り直すように言った。

七

翌日――。

雨は小降りになったが、まだ長床几は出せなかった。

中食の膳も余った。船出をしたものの、帆はいい風を孕んではくれなかった。

それでも、益吉屋の厨では仕込みに余念がなかった。

蒲焼きのたれをつぎ足し、鰻を白焼きにして、客から注文があればすぐ蒲焼きを出せるようにしておく。

「あとはお客さんが来るのを待つばかりだね」

千吉が言った。

「田楽も焼けるんで」

寅吉が答える。

「暇だねえ、兄ちゃん」

吉松がうんざりした表情で言った。

正松はまだわらべで役に立たないし、寺子屋もあるから家にいる。

「これから来るべ」

寅吉がおのれに言い聞かせるように答えた。

しばらくしてから、客が来た。

水郷遊覧に来た二人組だ。

しかし……。

あまりたちのいい客ではなかった。

「何でえ、女郎はいねえのかよ」

「せっかくのれんが見えたから来てやったのによう」

不機嫌そうに言う。

「うちはただの料理屋なので」

千吉がややむっとして告げた。

「んな見世、潮来ではやるかよ」

「すぐつぶれちまうぜ」

二人の客はずけずけと言った。

せっかく来たのだからと、客は蒲焼きと酒を注文した。

「女っ気がねえとつまらねえな」

「蒲焼きはまずくはねえけどよ」

「これくらいは鰻屋で出るぜ」

「酒もまあまあだ」

客はその後も勝手なことばかり言い、酒がなくなるやすぐさま腰を上げた。

「次はいいとこへ行こうぜ」

「おう。二度と来ねえけど、気張ってやんな」

客は最後まで憎まれ口をたたいていた。

嫌な客にも腹を立てずに応対するのが肝要だ。

「ありがたく存じます」

ぐっとこらえて、寅吉は答えた。

「塩でも撒くべ」

同じように我慢していた吉松が言った。

「わたしが撒いて来よう」

千吉が右手を挙げた。

「とにかく、風向きを変えないと」

寅吉が言う。

「そうだな。雨が止んだらいい風向きになるように、気を入れて撒いてくるよ」

千吉が笑みを浮かべた。

外に出て塩を撒き終えたところで、遠くから声がかかった。

「おーい」

千吉は顔を上げた。

三つの人影が近づいてくる。

それがだれか分かったとき、千吉の表情が変わった。

「安東さま」

千吉が声を発した。

益吉屋にやってきたのは、黒四組の面々だった。

第八章　鰻食べくらべ膳

一

「そうかい、見世びらきから雨は災難だったな」

あんみつ隠密がそう言って、湯呑みの茶を啜った。

あとで酒も呑むが、雨に降られていくらか冷えたから、まずは茶だ。

「われらがこれから打ち上げで呑み食いするゆえ」

室口源左衛門が帯をぽんとたたいた。

「すると、首尾よく捕り物が終わったんでしょうか」

千吉が問うた。

「二代目の勘ばたらきのおかげで」

韋駄天侍が白い歯を見せた。

「追い追い、語って聞かせるぜ。酒と肴をどんどん持ってきてくんな」

黒四組のかしらが身ぶりをまじえた。

「へい、承知で」

寅吉が厨からいい声を響かせた。

ほどなく、田楽が焼けた。

「ご飯もお付けできますが、いかがいたしましょう」

千吉が訊いた。

「おれはいい。田楽味噌を甘くしてくれ」

あんみつ隠密が答えた。

「わしは丼飯で」

室口源左衛門の髭面がほころぶ。

「それがしは普通盛りで」

「承知しました」

井達天之助もさわやかな笑顔で言った。

「いま運びます」

厨からいい声が返ってきた。

田楽を食しながら、黒四組の面々は捕り物のあらましを伝えた。

木場の材木問屋、和泉屋のあるじが乗りこんでいることを知った木下茶船の船頭が、ふとこうもらした。

「へえ、材木問屋の和泉屋はんでっか」

その上方訛りに持ち前の勘を働かせた千吉が、機転を利かせてひそかに似面を描き、黒四組に伝えた。

それをもとに井達天之助がほうぼうを探ったところ、くだんの船頭に怪しい動きが認められた。

韋駄天侍がひそかに尾行した。そして、ついに盗賊のねぐらを見つけたのだった。

「佐原の外れに無住の寺があってな。……うん、甘え」

あんみつ隠密は田楽を満足げにほおばった。

「そこが盗賊のねぐらだったわけですか」

酒を運んできた千吉が問うた。

「そのとおりだ。昔の悪い船頭は、茶船に乗り合わせた客に目をつけて、こらえ性なく殺めて金を奪ってお仕置になったりしたが、そんな危ねえ橋は渡らず、獲物をじっくりと追いこんでいく悪党だった」

黒四組のかしらはそう言うと、井達天之助がついだ酒をくいと呑み干した。

「へえ、お待ちで」

寅吉が丼飯と蕎麦水団汁を運んできた。

見ただけで腹一杯になりそうな富士盛りだ。

「和泉屋へはまず手下を引き込み役で入れ、機を見てわっと押し込む段取りだったようだ。すべて画に描いた餅で終わってしまったがな」

あんみつ隠密が渋く笑った。

「寺には用心棒もいたが、わしが成敗してやった」

日の本の用心棒はそう言うと、味噌がたっぷり塗られた田楽をほかほかの飯に載せ、わしっとほおばった。

「土地の役人や顔役の力も借りて、一網打尽よ」

あんみつ隠密が身ぶりをまじえた。

「そりゃあ何よりで」

千吉が笑顔で言った。

「二代目の働きだ。さすがの勘ばたらきだったな」

　黒四組のかしらが労をねぎらった。

「十手に顔向けができます」

　千吉が満足げに言う。

　のどか屋の神棚には、黒四組から託された「親子の十手」が据えられている。おちよと千吉の勘ばらたき、かつては剣の達人として鳴らした時吉の立ち回り、その功績のしるしとして託された十手だ。房飾り（ふさかざ）は、初代のどかから続く猫の毛並みにちなんだ茶白になっている。

「あっ、だいぶ小降りになってきた」

　吉松が外を見て言った。

「なら、明日こそ晴れるべや」

　望みをこめて、寅吉が言った。

「そうだね。気張ってやろう。……次は蒲焼きを出しますので」

　千吉は黒四組の面々に言った。

「おう、頼むぜ」

　あんみつ隠密がいい声で答えた。

二

翌日はようやく晴れた。

益吉屋の前に、緋毛氈が敷かれた長床几が出た。

持ち腐れだった宝のお目見えだ。

「やっとだべ」

吉松が安堵(あんど)したように言った。

「これからたくさんのお客さんがここに座ってくれるよ」

千吉が指さす。

「田楽も餡巻きもできるから、気張っていくべや」

寅吉が弟に言った。

「おう」

吉松が拳(こぶし)を握った。

いい天気になったが、中食の客の出足はいま一つだった。

白焼きと蒲焼き、鰻の食べくらべ膳で、肝吸(きもす)いと根菜(こんさい)の煮物の小鉢もついている。

益吉屋自慢の膳だったが、だいぶ余りそうな雲行きになってきた。

「おう、どうだべ」

終わりがたに、丑松と富助がのれんをくぐってきた。

「評判はいいけど、まだそれほどお客さんが」

寅吉が浮かぬ顔で答えた。

「そのうち来るべや」

丑松がなだめた。

「知り合いのお侍さんたちが、茶船で江戸へ戻る前に船着き場で刷り物を配ってくださったと思うので」

千吉が伝えた。

黒四組のことだ。刷り物がまだ余っていたから、帰る前にひと肌脱いでくれた。

「そりゃ、ありがてえべ」

と、丑松。

「せがれの組の連中も、普請を終えたら来るそうだべや」

富助が伝えた。

富太郎が入っている大工の潮組（うしおぐみ）は頭数（あたまかず）が多いから、常連になってくれれば助かるだろう。

「仕込みは充分やってありますんで」

寅吉が言った。

「鯉のうま煮もいい塩梅に仕上がってます」

千吉が伝える。

「そりゃ食いてえな」

富助が乗り気で言った。

「その前に、飯だな。中食の膳をくれ」

丑松が言った。

「いま持ってくよ、おとう」

吉松が小気味よく答えた。

おろし山葵(わさび)を添えてさっぱりといただく白焼きと、のどか屋の命のたれもまぜた深い味の蒲焼き。二種の味わいが楽しめる膳は、寅吉の父にも伯父にも好評だった。

「こりゃ、そのうち客が押しかけるべ」

「蒲焼きは長床几でも食えるべや」

「うんめえ。飯の具合もちょうどいいべや」

丑松も富助も笑顔だ。

そんな調子で、食べくらべ膳があらかた平らげられたころ、外で人の話し声がした。

「おう、あそこだべ」

「緋毛氈が敷いてあるべや」

「いい匂いがするべ」

ほどなく、いくたりかが続けざまにのれんをくぐってきた。

揃いの半纏姿の大工衆だ。

そのなかには、富太郎の顔もあった。

三

群青色(ぐんじょういろ)の半纏の背で、波がしらが三つ重なっている。

潮組の屋号だ。

このいなせな半纏をまといたいがために大工を志す若者がいるほどで、潮来では指折りの組だった。

「今日は祝いだべ。どんどん持ってきてくんな」

棟梁の巳之作が言った。

腕っぷしの強い親分肌で情もある。潮来では知らぬ者のない顔役だ。

「こりゃあ、ちょうどいい按配の座敷で」

「表の長床几も、一枚板の席も良さそうだべ」

潮組の大工衆は益吉屋の造りが気に入った様子だった。

「へえ、お待たせで。鯉のうま煮で」

吉松が盆を運んでいった。

「いま鰻の蒲焼きを焼いております」

千吉が厨から言った。

「秋刀魚の竜田揚げも出ます」

寅吉が和した。

「こりゃうまそうだべ」

「さっそく食うべや」

手が次々に動いた。

そのうち、べつの客もやってきた。

江戸から来たわらべを連れた親子で、三社詣での途中で立ち寄ったらしい。

「甘い餡巻きができますが、いかがでしょう」

千吉が水を向けた。

「今日はそこの長床几から筑波のお山が見えますよ」

寅吉も愛想よく言った。

「なら、長床几に腰かけていただきましょうよ、おまえさん」

女房が乗り気で言った。

「そうだな。おいらも甘いもんが好きだから、三皿頼むぜ」

客が歯切れよく言った。

「わあ、楽しみ」

正松と同じくらいの年恰好のわらべが声を弾ませる。

「承知しました。すぐつくりますので」

千吉がいい声を響かせた。

雨つづきで暇だったのが嘘のような忙しさになった。

じっくり味を含ませた鯉のうま煮、自慢のたれにとっぷりと浸してからこんがりと焼きあげた鰻の蒲焼き、からりと揚がった秋刀魚の竜田揚げ、どれも座敷の大工衆に大好評だった。

「どれもうめえべ」

「普請場で汗をかいたあとだから、ことにうめえべや」

「この味なら、どこにも引けはとってねえ」

客の評判は上々だった。

「うんめえ」

今度は長床几から声があがった。

餡巻きを食したわらべの声だ。

「うめえな。餡が甘くて、焼きたてで」

父も満足げに言う。

「ほんと、筑波のお山まで見えて、いい風で」

母が笑みを浮かべて湯呑みに手を伸ばした。

「お茶もうめえ」

わらべの元気のいい声がまた響く。

「あとであっちにも行ってみてえな」

大工の一人が長床几のほうを指さした。

「おう、空いたら持ってって食うか」

棟梁がすかさず言う。

「これから田楽を焼きますので」

千吉が厨から伝えた。

「おう、いいな」

「なら、田楽は長床几で食おうぜ」

話がただちにまとまった。

四

「また帰りに寄るぜ」

長床几の客が腰を上げた。

「餡巻き、おいしかったね」

母が笑顔で言う。

「うんっ。また帰りに」

わらべも機嫌よく言った。

「もし雨でも、中で食べられるからね」

見送りに出た千吉が笑みを浮かべた。

「気をつけて」

吉松も声をかけた。

そんな調子でわらべづれの客が去り、長床几が空いた。

棟梁の巳之作や富太郎などがさっそく陣取る。

「お待たせいたしました。田楽でございます」

千吉が盆を運んできた。

「おう、来た来た」

「こりゃいい焼き色だべ」

潮組の大工たちの手が次々に伸びた。

続いて、酒も運ぶ。

座りきれない客は一枚板の席に陣取ったから、厨ばかりでなく益吉屋じゅうが大忙しだ。

「ところで、運び役は雇わねえべや。そろそろ助っ人が江戸へ帰るんだろう?」

棟梁が寅吉に問うた。

「たしかに、今日みたいな忙しさで中食にもお客さんが来たら、おいらと吉松だけじやつらいかも」

　寅吉が首をひねった。

「やっぱり看板娘がいたほうがいいんじゃねえか？」

　巳之作が言った。

「そうですねえ。おっかさんは足が悪くて口も回らねえんで、とてもここの手伝いはできねえし」

　寅吉はややあいまいな顔つきで答えた。

「おとっつぁんも畑仕事があるから無理だべ」

　吉松が言う。

「いや、看板娘の話をしてるんだから、おとっつぁんはどうでもいいべや」

と、寅吉。

「あ、そうか」

　吉松は髷に手をやった。

「なら、おいらの妹はどうだべや。今年で十三で、どこぞでつとめをしてえって言ってるべや」

　若い大工が手を挙げた。

鼻筋の通った、なかなかの男っぷりだ。

「おう、そりゃあいい。おめえの妹なら、きっと器量もいいべ」

潮組の棟梁が言った。

「おいら、会ったことあるけど、小町娘だべ」

「ちょうどいいべや」

ほかの大工が口々に言った。

「だったら、話を進めてもらったら？　いくら料理だけで勝負したいと言っても、お運びをしてくれる看板娘がいるといないのとじゃ、ずいぶん違うと思う」

千吉が勧めた。

「そうだね」

寅吉はうなずいた。

「おいらは梅造、妹はおさよだべ。よろしゅうにな」

若い大工が白い歯を見せた。

「こちらこそ、よろしゅうに」

益吉屋の若あるじが頭を下げる。

「おさよにゃつれもいくたりかいるから、お運びの娘に困ることはねえべや」

梅造が言った。

「あんまり高えお手当は出せねえかもしれませんが」

寅吉がいくらか申し訳なさそうに言った。

「なに、見世が繁盛すりゃあ、手当も上がっていくからよ」

棟梁が身ぶりをまじえた。

そんな按配で、段取りがまとまった。

どうなることかと危ぶまれた益吉屋の船出だが、ようやくいい風が吹きだした。

五

お運びの娘のおさよは、早くも翌日に益吉屋へやってきた。

うわさどおりの器量良しで、元気もある。

「ありがたく存じました」

声もよく出る。

おさよが加わっただけで、益吉屋はぱっと花が咲いたようになった。

「これなら安心だね。そろそろわたしも江戸へ戻らないと」

手が空いたところで、千吉が言った。

おちよとおよう、それに信吉に任せているから大丈夫だとは思うが、やはり留守にしているのどか屋が気がかりだった。

「なら、送りの宴をやるべや」

寅吉が厨から言った。

「そんなあらたまったものはいいよ」

千吉が笑って答えた。

「いや、富助伯父さんが自慢の甚句を披露したがってるんで。もう文句もできてるらしくて」

と、寅吉。

「そりゃ断れねえべ」

吉松が笑みを浮かべた。

「宴で貸し切りになれば、二幕目は休みにできるし」

寅吉が言った。

「のれんを出してから、ずっと休みもなかったからね」

千吉が言う。

「なら、そういう段取りで」

　寅吉が笑みを浮かべた。

「宴のとき、わたしはどうしましょう」

　おさよがたずねた。

　小さいころから寺子屋に通っていたらしく、さほど訛りのない受け答えができる。

「顔つなぎもあるから、お運び役で来てもらったら？」

　千吉が寅吉に言った。

「そうだね。なら、お願い」

　寅吉がおさよに言う。

「はい、承知しました」

　おさよがいい声で答えた。

　そのとき、表で人の気配がした。

　ふっとのれんが開き、客の顔がのぞく。

「あっ、大師匠」

　千吉が声をあげた。

　益吉屋に姿を現わしたのは、長吉だった。

六

「早くも若おかみができたのかと思ったぜ」

長吉が笑みを浮かべて茶を啜った。

「お運び役がいたほうがいいんじゃないかという話から、うまい具合に話が進んだんですよ」

千吉が言った。

「どうかよしなにお願いします」

おさよが如才なく頭を下げた。

「おう、気張ってやんな。そのうち、若おかみがつとまるだろうぜ」

長吉が上機嫌で言った。

「うちも手伝いの娘と縁ができたんだから、ちょうど似合いだと思うよ」

千吉がわが身に引きつけて言った。

「いや、でも、まだ来てくれたばかりだべ」

寅吉がややうろたえて言った。

「まあ、追い追いだな。今日は佐原で泊まりで、江間の小船の具合もあるから長居はしていられねえんだが、燗酒（かんざけ）を一本だけくれ」

古参の料理人は指を一本立てた。

「承知しました」

いくらか赤くなった顔で、おさよが答えた。

「さんが焼きと秋刀魚のつみれ汁ができますが、いかがいたしましょう」

千吉が水を向けた。

「さんが焼きは銚子の弟子のとこでも食ったが、舌だめしにはちょうどいいや。うめえもんを食わしてくれ」

長吉が答えた。

「承知しました。銚子のお弟子さんはお達者で？」

千吉はたずねた。

「おう、繁盛してやがった」

長吉の目尻にいくつもしわが浮かんだ。

「行ってみたら見世がなかったり、死んじまったりしてたこともあるから、どきどきしながら行ったんだがよ」

いままであまたの弟子を育ててきた料理人は、胸に手をやってから続けた。

「地元の朝獲れの魚をさばいて出す膳が評判で、常連客で一杯だった。女房子供にも恵まれて、言うことなしだ」

長吉は満足げに言った。

「そりゃあ何よりでした」

千吉は笑顔で答えた。

「諸国からお参りの客が来る飯沼観音の近くだから、場所もいい。跡取り息子もしっかりしてるし、間違いなく末永く繁盛だ。関八州の弟子のもとを廻る旅は幸先のいい滑り出しだな」

長吉の顔色はいたってよかった。

このあとは佐原の弟子のもとをたずね、利根川をさかのぼって関宿に向かい、最後は日光に至るという旅程だ。

ほどなく、酒と肴が出た。

「さんが焼きでございます」

寅吉が神妙な面持ちで運んできた。

「どうぞ」

こちらもやや硬い表情で、おさよが酒をついだ。

「おう、ありがとよ。そのうち慣れるからな。客は取って食おうとしてるわけじゃねえんだから」

古参の料理人が気をやわらげるように言う。

「はい」

おさよは笑みを浮かべた。

さんが焼きは山家焼きとも書く。

房総（ぼうそう）の漁師料理に、なめろうというものがある。

鯵（あじ）や鰯（いわし）や秋刀魚、獲れた魚を船の上でさばき、包丁で細かくたたいて味噌を合わせてその場で食した。この上なく新鮮だから、味噌だけで存分にうまい。

余ったものは鮑（あわび）の殻（から）に入れて持ち帰った。あまりにもうまいから、殻までなめてしまうところから「なめろう」の名がついた。

持ち帰っても食べきれないものは、山仕事の供として持参し、山小屋で蒸したり焼いたりして食した。ゆえに「山家」焼きの名がついた。

「ちょうどいい焼き加減だ」

舌だめしをするなり、長吉が言った。

千吉と寅吉は思わず安堵したように目と目を合わせた。

秋刀魚のつみれ汁も出た。

こちらの評判も上々だった。

「この味なら、客はつくだろう。力を合わせて、気張ってやんな」

長吉はそう言うと、おもむろに腰を上げた。

「ありがたく存じました。気張ってやります」

寅吉が頭を下げた。

「おう」

長吉屋のあるじは軽く右手を挙げると、見世の隅に据えられていた神棚のほうを見た。

「弟の見世をあの世から助けてやってくれ、益」

情のこもった声で言う。

その言葉を聞いて、寅吉は続けざまに瞬きをした。

見送りの時が来た。

「では、お気をつけて、大師匠」

千吉が長吉に言った。

「おう、おめえも気をつけて江戸へ戻りな」

長吉が答えた。

「みな案じるので、たまにはのどか屋に文をくださいまし」

千吉が言った。

「まあ、気が向いたらな」

長吉は笑って答えた。

第九章　月夜の舟唄

一

ある日、益吉屋の前にこんな貼り紙が出た。

本日の中食
うな玉丼
みそ汁　こばち　香のものつき
三十食かぎり　四十文
二幕目はかしきりでおやすみです

相すみません

二幕目を貸し切りにするのは、千吉の送りの宴があるからだ。

丑松の家にずっと居候をして、益吉屋を守り立ててきたが、そろそろ江戸へ帰らねばならない。

幸いにも常連がつき、よほど天気が悪くなければ中食が売れ残ることはなくなった。潮組の大工衆は、普請場をともにする左官衆や畳屋などを連れてきてくれた。田舎は人のつながりが濃い。芋づるのごとくに客がつらなり、益吉屋はさらに繁盛するようになった。これなら江戸へ戻っても大丈夫だ。

この日の中食も大好評だった。

ふっくらと焼きあげた鰻の蒲焼きを切り、だしに投じ入れて平たい鍋でさっと煮る。これに溶き玉子を回し入れ、ふわふわの半熟にしてとじる。江戸では玉子は値の張る食材だが、益吉屋は鶏を飼っている農家からじかに仕入れているから、わりかた安値で供することができた。

丼にほかほかの飯を盛り、もみ海苔を散らす。ここに、鰻入りの玉子とじを載せ、三つ葉を飾れば出来上がりだ。

「今日もうめえべ」

「玉子がとろとろで」

「蒲焼きも喜んでるべや」

客はみな笑顔だった。

「はい、お待たせしました」

おさよが膳を運んでいく。

つとめを始めたころより、表情がぐっとやわらいでいた。

「おっ、今日もいい顔だべ」

「膳がなおさらうまくなるべや」

客から声がかかる。

「ありがたく存じます」

益吉屋の看板娘が明るい声で答えた。

そんな調子で、三十食かぎりの膳は滞りなく売り切れた。

二

中食が終わってしばらくすると、宴に出る客がやってきた。

もっとも、おおかたは身内だ。送りの宴といっても、べつに構えたものではない。

丑松とおとら、寅吉と吉松と正松。富助と富太郎。

それに、看板娘のおさよとその兄の梅造。

千吉を含めても十人だ。

「最後に、餡巻きつくって」

正松がせがんだ。

「ああ、いいよ」

千吉は気安く請け合った。

「千吉兄さんが江戸へ帰ったあとも、おいらがつくってやるべや」

寅吉が弟に言った。

「おいらもだいぶ巻けるようになったんで」

吉松も笑顔で言った。

「餡巻きはいいから、酒の肴になるようなものをつくってくんな」

富助が言った。

「へえ、承知で」

寅吉が厨からいい声で答えた。

肴は次々にできた。

鯉の洗いにうま煮。田楽は豆腐ばかりでなく、ほっこりと煮えた里芋も出した。これも田楽味噌がよく合う。

蒲焼きは鰻と秋刀魚だ。銚子から運ばれる秋刀魚と地の鰻。海と川の幸が香ばしい蒲焼きになる。

山の幸もあった。

茸の天麩羅の盛り合わせだ。松茸に舞茸に平茸。これだけでも食べきれないほどの量が出た。

料理が一段落したところで、千吉と寅吉も座敷に上がって宴に加わった。酒の追加があれば吉松が支度しておさよが運ぶ段取りになっている。

「おかげで、せがれの見世もなんとかなりそうだべ。ありがてえこって」

丑松がそう言って千吉に酒をついだ。

「初めは閑古鳥が鳴いていたのでどうなることかと思いましたけど」

千吉がそう答えて猪口の酒を呑み干した。

「雨続きだったから、仕方なかったべや」

おとらが言う。

「何にせよ、益吉屋が繁盛しだして万々歳だべ」

富助が笑みを浮かべた。

「おいらが普請した甲斐があったべや」

富太郎も白い歯を見せる。

「おめえが一人で普請したみてえだべ」

富助がすかさずそう言ったから、益吉屋に和気が漂った。

「お待たせしました」

ここでおさよが次の酒を運んできた。

「早くも看板娘が板についてきたべや」

丑松が言った。

「どうかよろしゅう頼みますね」

おとらが頭を下げる。

「はい、気張ってやります」

おさよはいい声で答えた。

「張り合いがあるのか、家でもいたって元気で」

梅造が言った。

「そりゃあ何よりで」

千吉が笑顔で言った。

「なら、このあたりでそろそろ甚句を」

丑松が水を向けた。

「おう、そのために呼ばれてるんだがら」

兄の富助が猪口を置いた。

「どうぞよろしゅうに」

千吉が一礼する。

「んでは、餞(はなむけ)の甚句をば、まずは元唄(もとうた)からいくべ」

富助が帯をぽんとたたいて立ち上がった。

三

潮来出島の　真菰(まこも)の中に
あやめ咲くとは　しおらしや
ションガイー……

富助の「潮来甚句」が響きはじめた。
地元では名人と呼ばれているだけあって、よく通るほれぼれするような声だ。

えー、ションガイー……

みなが合いの手を入れる。

わたしゃ潮来の　あやめの花よ
咲いて気をもむ　主(ぬし)の胸

ショ ンガイー……

甚句は続く。

まだ畳が新しい益吉屋の座敷で、朗々たる唄声が響く。

花を一本 忘れてきたが
あとで咲くやら 開くやら
ショ ンガイー……

えー、ショ ンガイー……

嫋々たる余韻を残して、元唄の甚句が終わった。

「なら、ここからは益吉屋のために新唄で」

富助が笑みを浮かべた。

「よっ、待ってました」

丑松が声をかけた。

「日の本一」

だいぶ赤くなった顔で富太郎が言う。

「頼みます、伯父さん」

寅吉が笑みを浮かべた。

「おう、やるべ」

気の入った声を発すると、甚句の名手は新唄を披露しはじめた。

潮来自慢の　飯屋はここよ
酒も肴も　江戸仕込み
ションガイー……

田楽蒲焼き豆腐飯
蕎麦水団汁に餡巻きよ
ションガイー……

「ちょうどいい引き札になるべや」

丑松が言った。

「そのうち、刷り物に使ったら？」

千吉が水を向けた。

「ああ、そうします」

益吉屋の若あるじがすぐさま答えた。

甚句は続く。

うまいものならここへ来い
忘れちゃならねえ鯉料理
ションガイー……

さりげなく地口も織りこまれている。

おさよが屈託のない笑い声をあげた。

兄にゆかりの　益吉屋
千客万来　大繁盛

ションガイー……

えー、ションガイー……


宴の華(はな)の甚句が終わった。

「これで大繁盛間違いなしだべ」

唄い終えた富助が言った。

「ありがたく存じます」

寅吉が頭を下げた。

「気張ってやるべや」

丑松が言った。

「ただし、あんまり無理するでねえべ」

母の顔で、おとらが言う。

「ああ、無理せずやるべや」

寅吉が笑みを浮かべた。

「江戸から風を送るので」

千吉が団扇であおぐしぐさをした。

「ありがてえこって」

益吉屋のあるじが両手を合わせた。

四

潮来を離れる時が来た。

千吉は江間を進む小船に乗りこんだ。今日のうちに茶船に乗って、木下の旅籠に泊まる段取りだ。

「なら、長々とありがたく存じました」

千吉は手を振った。

「気をつけて、お達者で」

寅吉が声を張りあげる。

「師匠にもよろしゅうに」

丑松が言った。

「のどか屋のみなさんにもよろしゅう」

富助が和す。

「承知しました。またお越しくださいまし」

千吉は二代目の顔で言った。

船が岸を離れていく。

見送りの人たちは、みな最後まで手を振ってくれていた。

そのなかに、およう の姿があった。

千吉の脳裏に、おさよの顔がくきやかに浮かんだ。

わらべの正松もいる。

今度は万吉の顔がありありと浮かんできた。

「これから帰るからね」

千吉は心の中で言った。

やがて、見送りの者たちの姿が見えなくなった。

だれがだれか、顔が分からなくなるまで、潮来の人たちは千吉に向かって手を振ってくれていた。

いい風が吹いていた。

恵みの光も差している。船頭の艪が動くたびに、光を弾きながら水面が揺れる。

兄にゆかりの　益吉屋
千客万来　大繁盛
ションガイー……

最後に小声で、千吉は甚句を唱えた。

潮来へ来て、益吉屋の船出を手伝ってよかった。

千吉は心の底からそう思った。

五

「今日も泊まりかい？」

おとらが寅吉にたずねた。

「ああ、仕込みが残ってるべや」

寅吉が答えた。

「おいらも手伝うべ？」

吉松がたずねた。

「いや、二人がかりでやるほどのつとめじゃねえべや。豆腐の仕込みもせにゃならんから、おいらは泊まりにはなるけど」

寅吉が見世のあるじの顔で答えた。

「大変ですね。体に気をつけて」

おさよが気づかいの言葉をかけた。

「ああ、ぼちぼちやるべ」

寅吉は笑顔で答えた。

「なら、おれらは引き上げるべや」

丑松が右手を挙げた。

「また呑みに行くがらよ」

富助が言う。

「潮組の祝いごとで、また近々」

富太郎も言った。

訊けば、大工仲間に子ができたらしい。その祝いごとだ。

「お待ちしてます」

寅吉は笑顔で頭を下げた。

みなを見送ると、寅吉は仕込みを始めた。

すでに水に浸けてあった大豆をざるに上げる。どの豆もいい按配にぷっくりとふくらんでいた。

これを石臼(いしうす)で挽(ひ)き、よくかきまぜながら火入れをする。

生呉(なまご)を煮呉(にご)にしているあいだに、だんだんに日が暮れてきた。夜は行灯(あんどん)で照らしながらの作業になる。

まだ若い吉松を気づかって、一人でできるとは言ったが、本当は二人いたほうがたしかだった。

煮呉を絞っておからと豆乳(とうにゅう)に分け、豆乳を固めて豆腐にする。なかなかに力も要るつとめだ。

「これでよし」

寅吉は両手を打ち合わせた。

箱ににがりと豆乳を流し入れたら、あとは固まるのを待ち、水に浸ければ出来上がりだ。

外はすっかり暗くなった。

きりのいいところまで豆腐づくりの段取りを進めた寅吉は、座敷に布団を敷いた。ほかの料理の仕込みもあるが、ここでひと休みだ。

寅吉はほどなく眠りに落ちた。

六

夢を見ていた。

江間の船に乗っている夢だ。

これから豆腐をつくらなければならない。いい豆腐をつくって、豆腐飯と田楽にして、お客さんに喜んでもらう。そうすれば、益吉屋ののれんは長く続いていく。

なのに、船に乗っていったいどこへ行こうとしているのだろう。

潮来自慢の　飯屋はここよ
酒も肴も　江戸仕込み
ションガイー……

舟唄が聞こえた。

新しいほうの甚句だ。

船頭がいい声で唄っている。

艪が動く。

船にはほかにだれも乗っていないようだ。

田楽蒲焼き豆腐飯

蕎麦水団汁に餡巻きよ

ションガイー……

舟唄は続く。

唄っているのは船頭ではなかった。

いやに遠くから響いてくる。

伯父の富助でもない。

たしかに違う声だ。

「あの、船頭さん」

寅吉は声をかけた。

頬被りをした船頭は答えない。

よく知っている人のような気もするが、だれか分からない。

「益吉屋へ戻りたいんだべ」

夢の中で、寅吉は言った。

早く戻らないと、料理の仕込みができない。

船頭が艪から手を放した。

ゆっくりと頬被りを外す。

月あかりが濃くなった。

顔がはっきりと見えた。

「兄ちゃん……」

寅吉は目を瞠った。

船を漕いでいたのは、死んだはずの兄の益吉だった。

「気張ってやれ、寅」

益吉が穏やかな声音で言った。

「兄ちゃん！」

寅吉は声をあげた。

そのおのれの声で目が覚めた。

にわかに夢の潮が引いていった。

七

「夢か……」

寅吉は軽く首を振った。

まだ余韻が残っていたが、眠気は覚めた。

ふっ、と一つ息をつくと、寅吉はつとめに戻った。

豆腐はいい按配に固まっていた。

しばらく水に浸けておく。

餡巻きの餡を炊いたり、鯉のうま煮をつくってひと晩味を含ませたり、まだまだ厨仕事は残っていた。

「よし」

ぽんと一つ帯をたたいて気合を入れると、寅吉は鯉のうま煮の仕込みにかかろうとした。

すると、そのとき……。

遠くから、声が聞こえてきた。

舟唄だ。

こんな夜更けに、だれかが唄っている。

うまいものならここへ来い
忘れちゃならねえ鯉料理
ションガイー……

かろうじて文句を聞き取ることができた。

富助が披露した新しい甚句だ。

寅吉は外へ飛び出した。

風に乗って、唄声はなおも響いてきた。

江間のほうから聞こえてくる。

月あかりはあるが、提灯(ちょうちん)に素早く火を入れると、寅吉は水辺へ向かった。

兄にゆかりの　益吉屋
千客万来　大繁盛
ションガイー……

唄声が少しずつ高くなってきた。
その源のほうへ進む。
やがて、船着き場に出た。
遠くに船影が見えた。
船頭がだれも乗せない船を漕いでいる。
それがだれか、寅吉には分かった。

潮来名物　益吉屋
みなで仲良く　達者で暮らせ
ションガイー……

甚句が変わっていた。

「兄ちゃん！」

寅吉は水辺に寄った。

月あかりがさらに濃くなる。

えー、ションガイー……

船が遠ざかっていく。

その姿がかすんで見えなくなる一瞬前に、船頭の顔が見えた。

「兄ちゃん……」

寅吉は瞬きをした。

まぼろしの船頭は、あたたかな笑みを浮かべていた。

第十章　含め煮とみぞれ煮

一

「ありがたく存じました。お気をつけて」

おちよが声をかけた。

「またお願いしますよ」

のどか屋の一枚板の席から、隠居の季川が言う。

「はい、こちらこそ」

按摩の良庵が答えた。

「では、これで」

女房のおかねが笑顔で言った。

いつものように隠居の腰の療治を終え、次へ向かうところだ。

日はもうだいぶ西へ傾いていた。季川のほかには、もうひとりの客がいるだけだ。

「何か軽いものでもいただくかね」

隠居が厨に言った。

「海老芋の含め煮がございますが」

留守を預かっている信吉が答えた。

「ああ、いいね」

隠居が笑みを浮かべた。

「わたしももらうよ」

もうひとりの手が挙がる。

「承知しました」

助っ人の料理人が答えた。

「はいはい、勝手に出ていっちゃ駄目よ」

とことこ歩いてきた万吉の後を追って、おようが言った。

「ずいぶん速くなったね」

隠居が目を細める。

「このあいだ、一人で外へ出ていこうとしたらしくて、肝をつぶしました」

おようが万吉を指さして答えた。

「猫がないて知らせてくれたんですよ」

おちよが告げた。

「はは、そりゃ働きだったね」

と、隠居。

「えらかったわね、ゆきちゃん」

酒樽の上で寝ている老猫に向かって、おちよは声をかけた。

母のおようが目を離したすきに、勝手に外へ出ていこうとした万吉を見て危険を察知したらしく、ゆきが妙なき声をあげた。おかげでおようが気づいて事なきを得た。

「さすがは年の功だね」

隠居の白い眉がやんわりと下がった。

「ご隠居さんと同じで」

おちよのほおにえくぼが浮かぶ。

「猫と一緒にされてしまったよ」

隠居が笑みを浮かべたとき、表で人の気配がした。

「あっ、ひょっとして……」

　おようの表情が変わった。

　勘ばたらきがあったのだ。

「千吉かしら」

　おちよも言う。

　その勘は正しかった。

　ほどなくのれんが開き、千吉が姿を現わした。

「おとう！」

　万吉がくしゃくしゃの笑顔になった。

二

「お疲れさま」

　おようがお茶を出し、千吉の労をねぎらった。

「ああ、やっと帰ってきたよ」

　千吉はそう言って茶をうまそうに啜った。

「厨はなんとかつないだから」

兄弟子の信吉が盆を運んできた。

隠居ともうひとりの客に加えて、千吉にも海老芋の含め煮を出す。

「長々とありがたく存じました。今日の仕込みからはわたしがやるんで」

千吉が頭を下げた。

「で、潮来はどうだった？　このあいだ、安東さまが見えて、益吉屋さんは大丈夫そうだと言ってらしたけれど」

おちよが言った。

「雨で出鼻をくじかれたけど、お客さんが来てくださるようになったんで」

千吉は湯呑みを置いた。

「捕り物もあったとか」

と、おちよ。

「ああ、いくらかは勘ばたらきがあってね」

千吉がかいつまんで仔細を伝えた。

例の上方から流れてきた悪党に勘が働き、黒四組につないでお縄にした一件だ。

「そりゃあ手柄だったたね」

隠居が笑みを浮かべて、猪口の酒を呑み干した。

「そのうちまたかわら版に載るよ」

そう言って、海老芋の含め煮を口中に投じた。

だしに干し海老を加えることで、より風味が増している。そこはかとなく海老の香りのする海老芋というのもなかなかに小粋だ。

「それはともかく、十手の顔が立ったので」

千吉は神棚のほうを指さした。

「じって、じって」

万吉がなぜかはしゃぎだした。

「あとで見せてあげるから」

おようが言った。

「房飾りをむしろうとしたりするから、見せるだけだよ」

千吉はそう言うと、海老芋を口中に投じた。

「見るだけね」

おようが万吉に言う。

わらべはこくりとうなずいた。

「見世がうまく船出して何よりだね」

隠居が温顔で言った。

「いきなり雨続きで閑古鳥が鳴いて大変だったんですけど、そのうち人のつながりもあって益吉屋にお客さんが来てくださるように」

千吉が答えた。

「ならば、ひと安心だね」

隠居の温顔に笑みが浮かんだ。

含め煮に続いて、二幕目の終いの料理として鱚天が出た。

千吉も箸を伸ばす

「やっぱり江戸で食べる天麩羅はうまいね」

千吉は笑顔で言った。

「また明日から気張らないと」

おようが言った。

「はいよ」

のどか屋の二代目がいい声で答えた。

三

いくらか経って、時吉が帰ってきた。

千吉が潮来の首尾を伝えると、時吉は満足げな顔つきになった。

「そうか。師匠は達者だったか」

時吉は長吉を気づかった。

「ええ。銚子のお弟子さんの見世がはやっていたと言って上機嫌で」

千吉が答えた。

「それはひと安心。たまには文をよこしてくれたらいいんだけど」

と、おちよ。

「それはどうかなあ」

千吉は首をかしげた。

「なら、おいらはこれで上がりで」

信吉が言った。

「ああ、長々とご苦労さん」

時吉が労をねぎらった。

「ほんとに助かりました。また何かあったら、お願いします」

おようが頭を下げた。

「当分はここにいるから」

千吉が笑って答えた。

「そうそう出張ってばかりじゃ困るからね」

隠居が言う。

そんな調子で信吉を見送り、のれんをしまって火を落とす構えになった。

「そろそろおねむしようか」

おようが万吉に言った。

わらべはいやいやをした。

「嫌か」

千吉が笑う。

「じって、じって」

万吉は神棚のほうを指さした。

「ああ、そうだったな。見せてあげよう」

千吉は酒樽を移して踏み台にし、神棚から「親子の十手」を取ってきた。

「房飾りをむしっちゃ駄目だぞ」

そう言って、せがれに渡す。

万吉はしばらくふしぎそうに見ていた。

「振ってみな」

時吉が言った。

わらべは危なっかしい手つきで十手を振った。

猫じゃらしだと思ったのか、ふくとろくの兄弟が同時に前足を上げる。

のどか屋におのずと和気が漂った。

「危ないから、それくらいでね」

千吉が手を伸ばした。

少し迷ってから、万吉は父に十手を返した。

「えらいわね」

おようが笑顔で言った。

四

「おっ、帰って来たのかい、二代目」

なじみの大工衆の一人が声をかけた。

翌朝の豆腐飯の朝餉だ。

「はい、昨日の夕方に」

千吉は笑顔で答えた。

「なら、しばらくは親子がかりだ」

「うまいもんを食わせてくんな」

大工衆がさえずる。

「今日は長吉屋なので、ここはせがれに任せます」

時吉が言った。

「潮来の土産は何だったんだい」

隠居が問うた。

「世話になった常称寺の真願和尚さんから、帰りに御守りをいただきました。それから……」

千吉は小皿を指さした。

「これは帰りにいただいた沢庵です。うちとは少し味が違いますが」

千吉はそう伝えた。

荷になるからよせと丑松は言ったのだが、おとらがどうしても「気持ちだから」と持たせてくれた漬物だ。

「たしかに、味わいが違うね」

隠居が味わってから言った。

「素朴なお味で」

おちよが笑みを浮かべる。

「漬物には人柄が出るからよ」

「素朴がいちばんさ」

「豆腐飯にも合うぜ」

大工衆が口々に言った。

「何よりのお土産だったかもしれません」

千吉が少ししみじみと言った。

そんな調子で朝餉が終わり、時吉は長吉屋に向かった。

隠居も駕籠で浅草に向かう。

「そのうち、そちらにも顔を出すよ」

季川が言った。

「お待ちしております」

時吉が笑顔で答えた。

五

中食は茸の炊き込みご飯と秋刀魚の塩焼き、けんちん汁に大根菜(だいこんな)の胡麻和えと潮来土産の沢庵をつけた。

いたってまっすぐな膳だ。

「久々に足を延ばした甲斐があったな」

「そうだな、兄ちゃん」

兄弟とおぼしい二人の若者が言った。

揃いの半纏の背には、丸に「よ」と染め抜かれている。

古いなじみのよ組の火消し衆だ。

いまは違う縄張りになっているが、むかしのよしみで折にふれてのどか屋に寄ってくれている。

「けんちん汁、お代わりもできます」

運び役の江美が明るく声をかけた。

「へえ、そいつぁ豪儀だな」

「こんなに具だくさんなのによ」

火消しの兄弟が驚いたように言った。

「ただし、一杯だけです」

妹の戸美が指を一本立てた。

「はは、そうかい」

「食べ放題だったら、見世がつぶれちまう」

客が笑った。

どちらも役者にしたいような男前だ。火消しの半纏をまとうと、なおさら男っぷりが引き立つ。

「なら、お代わりを一杯もらうぜ」

「おいらも」

火消しの兄弟は競うように箸を動かした。

気持ちのいい健啖ぶりだ。

「はい、承知しました」

「少々お待ちください」

双子の姉妹が笑みを浮かべた。

「茸飯のほうのお代わりはできねえのかい」

べつの客がたずねた。

「相済みません。かぎりがございますので」

おちよがすまなそうに答えた。

「なら、しょうがねえや」

「ちょいと焦げたとこがまた絶品でよ」

「油揚げがまたうめえんだ。もうちょっと食いたかったな」

客が残念そうに言った。

けんちん汁のお代わりが来た。

「おう、二杯目なのにずっしりと重いな」

火消しの兄が白い歯を見せた。

「はい、具だくさんなので」

江美が笑顔で言った。

「ことに、焼き豆腐と里芋がうめえ」

弟も和す。

「ありがたく存じます」

戸美が頭を下げた。

「おいらは、よ組の竜太(りゅうた)で」

兄が先に名乗った。

「その弟の卯之吉(うのきち)で」

弟が続いた。

「江戸の江に美しいと書いて江美に……」

双子の姉が妹のほうを手で示した。

「江戸の戸に美しいと書いて戸美です」

妹が笑みを浮かべた。

「二人合わせて『江戸』になるのかい」

「そいつぁいいや」

　火消しの兄弟は明るく笑った。

　そのさまを、勘定場で万吉の相手もしながら、おようがほほえましく見守っていた。

　そこへおちよがやってきた。

「楽しそうに話が弾んでるわね」

　おちよが様子を見て言った。

「ええ。あれなら、また来てくださるでしょう」

　おようが笑顔で答えた。

六

　二幕目になった。

「おっ、無事のお帰りで」

　真っ先に顔を出した元締めの信兵衛が千吉の顔を見て声をかけた。

「はい、帰ってきました。大役もどうにか果たしてきたので」

　千吉は笑顔で答えた。

「そりゃあ何よりだね。あとでほかの旅籠にも伝えてこよう」

元締めも笑みを浮かべた。

ややあって、おけいが客を案内してきた。江美と戸美が受け持つ巴屋にも客が入ったようだ。

客に茶を出した頃合いに、ふらりと万年同心が入ってきた。

「あっ、平ちゃん」

例によって、千吉が気安く呼ぶ。

「働きだったようだな。かしらからくわしく聞いたぜ」

万年同心が言った。

「ちょっと勘が働いただけだよ」

千吉は答えた。

「その『ちょっと』が鋭いからね、ここの若あるじは」

元締めが言った。

「そのとおりだ。江戸のみなも感心しきりだぜ」

万年同心はそう言うと、ふところに忍ばせていたものを手妻遣(てづまつか)いのように取り出した。

「まあ、それは」

およらが瞬きをした。

「かわら版ですね」

おちよが気づいて言う。

「どうやら目出鯛三先生にかしらが伝えたらしい」

万年同心はにやりと笑った。

「えっ、例の件がかわら版に？」

千吉が厨から手を拭きながら出てきた。

「そのとおり。まあ読んでみな」

万年同心は千吉にかわら版を渡した。

こう記されていた。


横山町の旅籠付き小料理のどか屋の若あるじ千吉は、母のおちよゆづりの鋭き勘ばたらきの持ち主なり。このたび、訳ありて赴(おもむ)きし潮来にてその力をば遺憾(いかん)なく発揮(はっき)し、上方より流れてきし悪党どもを捕縛(ほばく)に導きたり。

木下茶船の船頭に上方訛りがあることに、千吉の勘が働きたり。

ことによると、上方より流れてきてゐるといふ噂の悪党の手先ならん。

さう思ひし千吉は、機転を利かし、ひそかに船頭の似面を描き、その筋の者に手渡したり。

「黒四組とは書けねえから、『その筋の者』ってことにされちまったよ」

万年同心がそう言って、湯呑みの茶を啜った。

まだこれから廻り仕事があるから茶だ。

「『千吉の勘ばらきは図星なり。紆余曲折はありしが、悪党どもの企みは首尾よく未然に防がれたり』」

千吉はかわら版を読みあげた。

そこへ、万吉がとことこと近づいてきた。

「おとうが手柄を立てたのよ」

母のおようが教えた。

「おとう、てがら？」

万吉がいぶかしげに問う。

「おとうのおかげで、悪いやつが捕まったんだ。ほめてやんな」

万年同心が言った。

「おまえさんのおとうは、江戸一の勘ばたらきの持ち主なんだ」

元締めも和す。

それを聞いて、わけが分からないいなりに嬉しかったらしい、万吉は花のような笑顔になった。

七

同じかわら版は、長吉屋でも披露された。

渡したのは、ほかならぬ目出鯛三だった。ほかに、灯屋のあるじの幸右衛門と鶴屋の隠居の与兵衛も一枚板の席に陣取っている。

「これでまたのどか屋は大繁盛だね」

かわら版に目を通してから、与兵衛が言った。

「いや、運に恵まれただけで……はい、お待ちで」

時吉がそう言って肴を出した。

「こちらもお待ちで」

今日の花板の脇は信吉だ。

のどか屋から長吉屋へ戻り、また気張ってつとめている。

「凝ったものが出ましたな」

目出鯛三が笑みを浮かべた。

「鯖と椎茸のはさみ焼きでございます。かわるがわるに食べると、鯖の臭みが口に残りませんので」

時吉が言った。

「なるほど、知恵ですな」

かわら版の文案づくりなども手がけている狂歌師がうなずいた。

椎茸はだしと薄口醤油でじっくり煮込み、冷まして味を含ませる。

鯖は三枚におろして骨を取り、塩を振って四半刻（約三十分）ほどおく。それからさっと洗い、小骨を抜いてそぎ切りにする。

金串を何本か用いて鯖と椎茸を交互にのせ、両面をこんがりと焼く。串を抜いて刻んだ柚子の皮を振れば小粋な肴の出来上がりだ。

「たしかに、青魚の臭みが口に残りませんね」

幸右衛門が味わってから言った。

「鰆(さわら)などでも使えますので」

時吉が言った。

続いて、鰈(かれい)のみぞれ煮が出た。

大根おろしを加えて、塩梅よく煮るのが骨法(こっぽう)だ。

魚の煮物は、水と酒が八、醤油と味醂が一の割りが普通だが、みぞれ煮の場合は、水と酒が六、醤油と味醂が一の割りにする。いささか濃く感じられるが、大根おろしから水気が出るから、これでちょうどいい加減になる。

だしは要らない。鰈からいいだしが出るから、水だけでいい。

「さすがの味だね」

与兵衛がうなった。

「素材を活かしきった料理ですな」

目出鯛三も和す。

「まあ何にせよ、弟子の見世がうまくいって、悪党も捕まって、めでたいことばかりですね」

灯屋のあるじが笑みを浮かべた。

「案じていたんですが、ほっとしました」

信吉が胸に手をやった。

「いや、まだまだおめでたいことが続くかもしれませんよ。そんな予感がふとしました」

目出鯛三が言った。

「今度は先生の勘ばたらきですか」

幸右衛門が酒をついだ。

「思い過ごしかもしれませんが」

目出鯛三はそう言って、つがれた酒を呑み干した。

しかし……。

狂歌師の勘ばたらきは思い過ごしではなかった。

のどか屋にまた新たな朗報がもたらされたのは、それから数日後のことだった。

終章　朗報つづき

一

「はい、千ちゃん、お祝い」

大松屋の若あるじの升造が笑顔であるものを差し出した。

「わあ、わざわざありがとう」

千吉が受け取った。

「小料理屋さんへのお祝いにお酒はどうかなと思ったんだけど」

竹馬の友の升造が言う。

「上等の下り酒だから、ありがたいよ。さっそく見世で出そう」

千吉はそう請け合った。

「そりゃ持ってきた甲斐があった」

　升造が白い歯を見せた。

「酒樽はこの子たちも喜ぶから」

　おちよが、ふくとろくのほうを手で示した。

　空いた酒樽の上で仲良く寝たり、ぴょんぴょん跳び乗ったり、猫たちも喜んで使う。

「生まれたら、相手してやんな」

　猫相撲のようなものを始めたふくとろくに向かって、大松屋の若あるじが言った。

「ちょっとまだ早いです」

　おようが笑みを浮かべた。

「でも、あっという間よ」

　と、おちよ。

「いまはまだ秋だけど、年が明けたらもうすぐだから」

　千吉も言った。

「うちも負けないようにしないと」

　升造がぽんと一つ帯を手でたたいた。

「そんなことで張り合っても」

千吉が笑う。

「いいじゃないの。にぎやかになって」

おちよのほおにえくぼが浮かんだ。

「とにかく、気をつけて、いい子を産んでね」

升造が言った。

「はいっ」

おようがいい声で答えた。

のどか屋の若おかみは、二人目の子を身ごもっていた。

二

「いや、まだまだおめでたいことが続くかもしれませんよ。そんな予感がふとしました」

長吉屋でそう言った目出鯛三の予感は正しかった。

これよりないほどの朗報がのどか屋にもたらされた。おようがまた身ごもったのだ。

産婆(さんば)の診立てによると、年が明けてひと月あまりで生まれるのではないかということだった。

来年は万吉の弟か妹が生まれる。嬉しい知らせにのどか屋はわいた。

「次の休みに、羽津先生の診療所へ行かないとね」

千吉が言った。

羽津は青葉清斎の妻で、腕のいい産科医だ。かつて、早産で難儀をした千吉も取り上げてもらった。

「そうね。診療所は遠いから、取り上げてもらうのはこちらの産婆さんでも、一度診ていただかないと」

おちよが言う。

羽津の診療所は皆川町にあったのだが、あいにく火事で焼け出され、いまは近くの竜閑町に移っている。のどか屋とも縁の深い醤油酢問屋の安房屋の敷地で、療治長屋もある。そちらのほうでは、のどか屋から来た猫たちが療養の友をつとめていた。

「だったら、大事を取って駕籠で」

千吉がおようを気づかって言った。

「そうね。こけたりしたら大変だから」

おようがうなずく。

「産み月が近づいたら、歩いたほうがいいけれど」

おちよが笑みを浮かべた。

「そうします」

おようが少しおどけて腕を振るしぐさをした。

朗報はたちまち広まったようだ。

二幕目には、さっそく祝いの客がのれんをくぐってきた。

「おう、めでてえこって」

岩本町の名物男が右手を挙げた。

「上物（じょうもの）の金時人参を持ってきたから」

野菜の棒手振りの富八が笑みを浮かべる。

のれんをくぐってきたのは岩本町の御神酒徳利ばかりではなかった。

「今日は休みなんですが、祝いの細工寿司（さいくずし）を持ってきました」

「小菊」のあるじの吉太郎（きちたろう）が包みをかざした。

「それはそれは、ありがたく存じます」

おようが頭を下げた。

「なら、さっそく食おうぜ」

湯屋のあるじがそう言って一枚板の席に座った。

「お茶でよろしいでしょうか」

おちよが問う。

「おいらはつとめが終わったんで、冷やで」

富八が身ぶりをまじえた。

「わたしはお茶で」

と、吉太郎。

「おいらも赤い顔で客の案内はできねえから。前にかかあに意見されてよ」

寅次が笑った。

そんな調子で、ほどなく支度が整った。

「わあ、顔がきれいに浮かんでる」

細工寿司の切り口を見て、おようが声をあげた。

細巻きを巧みに組み合わせ、かむろ頭のかわいいわらべの顔を浮かびあがらせる。

吉太郎の得意技がさえわたった細工寿司だ。

「相変わらず、食うのがもったいねえな」

義父の寅次が言った。

「食べていただくためにつくったんですから」

吉太郎が笑った。

そこへ、万吉が二代目のどかを追ってとことこと歩いてきた。

猫があわてて逃げる。何をするか分からないわらべは、猫には鬼門だ。

「ほら、万吉、おともだちのお顔がいっぱい」

おようが笑顔で指さした。

しかし……。

小さいわらべの考えていることは分からない。

怖かったのかどうか、万吉はやにわに泣きだした。

「泣いちまったぜ」

富八が笑った。

「怖かったんでしょうか。相済まないことで」

ややあいまいな顔つきで吉太郎が言った。

「それだけ真に迫った出来だったからですよ」

おちよがとりなす。

「怖くないからね」

千吉が厨から言った。

「おかあが食べちゃうから」

おようが細工寿司をひと切れつまんで口中に投じ入れた。

「……おいしい」

おようは味わうなり笑みを浮かべた。

「あっ、泣きやんだ」

おちよが言った。

母の笑顔を見たおかげか、万吉はもう泣きやんだ。

三

翌日は親子がかりの日だった。

中食の前にはこんな貼り紙が出た。

本日の中食

親子がかりかき揚げ丼

さんまかばやき
けんちん汁
四十食かぎり四十文

「おっ、親子がかりだな」

「でけえかき揚げが入ってるんだ」

「そりゃ食わなきゃな」

客は次々にのれんをくぐってきた。

そのなかに、よ組の火消しの兄弟がいた。

竜太と卯之吉だ。

わざわざ食べに来てくれたらしい。

「お待たせいたしました」

「かき揚げ丼の膳でございます」

江美と戸美が膳を運んでいった。

「おっ、人参が赤いな」

竜太が言った。

「海老も入っていますので」

江美が笑みを浮かべた。

「今日はお代わりはできるのかい」

卯之吉が問うた。

「相済みません。かぎりがございますので」

戸美が申し訳なさそうに答える。

「はは、ならしょうがねえや」

卯之吉は白い歯を見せた。

火消しの兄弟は、競うように箸を動かした。相変わらず気持ちのいい健啖ぶりだ。

「どれもこれもうめえな」

竜太が感心の面持ちで言った。

「かき揚げは具だくさんでさくさくだしよ、兄ちゃん」

卯之吉がうなずく。

「たれがまたうめえ」

と、竜太。

「けんちん汁も、これでもかっていうくらいに具が入ってやがる」

卯之吉が笑みを浮かべたとき、双子の姉妹が茶をつぎに来た。

兄弟は目と目で何やら合図をした。

竜太が一つ咳払いをしてから口を開いた。

「休みの日は何をしてるんだい？　そもそも、旅籠へ客の案内をしたら御役御免のはずだが」

「薬研堀の井筒屋という銘茶問屋にいるので、そちらの手伝いなどを」

江美が答えた。

双子の姉妹の養父は、井筒屋善兵衛だ。

「薬研堀なら、両国橋の西詰に近いな、兄ちゃん」

卯之吉は兄の顔を見た。

「そうだな。休みの日に芝居でもどうだい。汁粉とかでもいいぜ」

竜太は声をかけた。

「えーっ」

双子の姉は驚いたような顔つきになった。

思わず妹のほうを見る。

戸美は少し恥ずかしそうにうなずいた。

「まあ、考えといてくんな」

「そのうちまた来るからよ」

いなせな火消しの兄弟が白い歯を見せた。

「承知しました」

「休みの日なら」

双子の姉妹が答えた。

その様子を、おちよが勘定場からほほえましそうに見守っていた。

四

二幕目には千吉の恩師の春田東明（はるたとうめい）が姿を現わした。

「そうですか。もう二人目のお子さんが」

総髪の学者が笑みを浮かべた。

「ええ、おかげさまで」

千吉が嬉しそうに答えた。

「そのうち水天宮（すいてんぐう）へお参りに行こうかと」

おようが言う。

「いいですね。来年はまたにぎやかになります」

寺子屋の師匠でもある学者が言った。

「久々に江戸へ出てきたら、続けざまの朗報で」

そう言ったのは、流山の味醂づくり、秋元家の当主の弟の吉右衛門だった。

「かわら版に載る手柄を立てたと思ったら、また子宝で。盆と正月がいっぺんに来たみたいです」

番頭の幸次郎が和す。

江戸へあきないの用で来るたびに、のどか屋を定宿にしてくれている。かつては千吉が隠居の季川とともに流山へ赴き、持ち前の勘ばたらきを活かして「あっぱれ街道」と称される手柄を挙げたものだ。

「いや、たまたま運に恵まれただけで」

千吉がそう言って盆を運んできた。

「これはおいしそうな雑炊ですね」

春田東明がいくらか身を乗り出す。

「はい、秋の恵みの茸雑炊をつくってみました」

千吉が笑みを浮かべた。

「今日は冷えるのでありがたいです」

吉右衛門が頭を下げた。

「さっそくあきないに出ましたが、風が冷たかったですね」

働き者の番頭も言う。

「では、さっそく」

春田東明が匙を手に取った。

味醂づくりの主従も続く。

「ああ、これはおいしいです」

「平茸がぷりぷりしています」

茸雑炊はいたって好評だった。

「お味はいかがでしょう、先生」

ひとしきり万吉を遊ばせていたおようがたずねた。

「やさしい味ですね。作り手の人柄がだしになって出ているかのようです」

春田東明が満足げに答えた。

「ありがたく存じます」

いくらか離れたところにいた千吉が、ほっとしたように頭を下げた。

五

良い知らせはさらに続いた。

翌日は隠居の療治の日だった。例によって、座敷で良庵の療治を受けていると、黒四組の二人がのれんをくぐってきた。

安東満三郎と万年平之助だ。

しかし、朗報をもたらしたのは黒四組の二人ではなかった。

「うん、甘え」

あんみつ隠密からいつものせりふが飛び出した。

食したのは、毎度おなじみのあんみつ煮だ。

そこへあわただしく入ってきた者がいた。飛脚(ひきゃく)だった。

「おとっつぁんかしら」

おちよの瞳が輝いた。

関八州の弟子のもとを廻っている長吉が珍しく文を送ってきたのかと思ったが、そうではなかった。

「潮来からよ、千吉」

表書きを見て、おちよが厨に声をかけた。

「えっ、潮来から？」

千吉があわてて手を拭きながら出てきた。

「益吉屋からの文か」

あんみつ隠密が箸を置く。

「そうみたいです」

千吉が答えた。

「中を見てごらん」

おちよが言った。

「うん」

そのとおりにしたのどか屋の二代目の表情が、にわかに変わった。

「わあ」

喜色（きしょく）が表に出る。

「どうしたんだい」

万年同心がたずねた。

「寅吉が手伝いのおさよちゃんと一緒になることになったんだって、平ちゃん」

千吉は嬉しそうに答えた。

「へえ、そいつぁいい知らせだ」

黒四組のかしらも笑みを浮かべた。

「益吉屋にも跡取りができるかもしれないね」

療治を受けながら、隠居が温顔で言った。

「ほかには何か？」

おちよが問うた。

「こう書いてあるよ」

千吉が文を見せた。

お世辞にもうまい字ではないが、益吉屋のあるじの寅吉はこう記していた。

　きばつてやります

「うちも負けないようにしないと」

弟弟子の朗報を知った千吉が白い歯を見せた。

六

次の休みの日――。

のどか屋の前に一挺の駕籠が止まった。

「なら、万吉の世話はちゃんとするから」

おちよがおように言った。

「よろしゅうお願いします」

おようが頭を下げた。

乳母の根回しはできている。これから竜閑町の羽津の診療所へ出かけるところだ。

時吉は長吉屋のつとめがあるから、留守はおちよが一人で預かることになった。聞けば、双子の姉妹はよ組の火消しの兄弟と芝居見物に行くらしい。

「この子は身重なんで、大事に運んでくださいまし、駕籠屋さん」

おちよが駕籠屋に言った。

「あっ、下の子ができるんですか」

「そりゃめでてえこって」

「そーっと運びまさ」

「二代目は走るんで？」

駕籠かきがたずねた。

「後をついて走ります。竜閑町の羽津先生のところまで」

千吉が答えた。

「ああ、知ってまさ」

「なら、行きましょうや」

「曇ってるけど、降っても小雨だろうから」

「よし、行くぜ」

駕籠屋がさっそく動いた。

「行ってらっしゃい」

いくらかあいまいな顔をしている万吉とともに、おちよが送り出した。

はあん、ほう……

はあん、ほう……

先棒と後棒が声を合わせて、調子よく運んでいく。

あまり揺れない、上手な運び方だ。

途中で野菜の棒手振りの富八とすれ違った。

天秤棒のざるのなかには、ほれぼれするような大根が入っている。

「おう、どこかへ出かけるのかい」

富八が足を止めて訊いた。

「竜閑町の産科の先生のところまで。念のために診てもらいに」

ゆっくり走りながら、千吉は答えた。

「そうかい。なら、気をつけて。大おかみはいるかい」

野菜の棒手振りはたずねた。

「ええ。万吉を見てもらってます」

おようが駕籠の中から答えた。

「承知で。大根を入れとくから、うめえ風呂吹きや煮物にしてやってくんな」

気のいい棒手振りが言った。

「任しといてください」

千吉が打てば響くように答えた。

七

「いいですね」

ひとわたり診察を終えた羽津が笑みを浮かべた。

「ややこは順調に育っています。このままおいしいものを食べて、慎重に動くようにすれば無事のお産につながるでしょう」

産科医はそう請け合った。

「ありがたく存じます」

おようが笑顔で頭を下げた。

「ほっとしました」

千吉が胸に手をやった。

「あなたのお産のときは大変だったけれど、万吉ちゃんは安産だったので、次も大丈夫でしょう」

羽津は言った。

「とにかく無理をしないように、日々心がけていきます」

おようはいい表情で言った。

「そうね。お産まで、一日一日の積み重ねだから」

羽津はそう言ってうなずいた。

産科医の診療所を辞した二人は、並びの青葉清斎の診療所にもちらりと顔を出した。

ほかの患者の迷惑にならないように、ひと声かけてから出るつもりだったが、清斎のほうが引きとめた。

「いかがでしたか、診立ては」

おように訊く。

「おかげさまで、いたって順調だと」

おようは答えた。

「それは良かった。精のつくものを食べて、いいややこを産んでください」

本道の医者が言った。

「気張って精のつくものをつくりますので」

千吉が軽く二の腕をたたいた。

「料理人がついていると、心強いですね」

清斎が笑みを浮かべた。

「はい、ありがたいです」

おようは笑顔で答えた。

帰りは駕籠ではなく、ひとまずのんびりと歩いて帰ることになった。寄りたいところもあったからだ。

療治長屋の前を通ると、猫がひょこひょこと歩いてきた。

「あっ、ろくの兄さんかも」

千吉が指さした。

二代目のどかが産んだ子猫のうち、一匹は清斎の療治長屋に引き取られていった。

茶白の縞柄（しまがら）は母猫の二代目のどかとろくにそっくりだから、たぶん間違いないだろう。

「ああ、そうかも」

と、およう。

「達者にしてたか？」

千吉が声をかけた。

のどか屋ではおなじみの柄の猫が立ち止まり、

「にゃあ」

と、いい声でないた。

八

「石段に気をつけて」

千吉がおようを気づかった。

「うん」

おようが慎重に石段を上る。

ここは神田の出世(しゅっせ)不動(ふどう)だ。

のどか屋が三河町にあったころ、まだ千吉が生まれる前、時吉とおちよが事あるごとに通ったゆかりの場所だ。

「あっ、日が差してきた」

石段を上り終えたところで、千吉が空を指さした。

横山町を出るときはいまにも降り出しそうな雲行きだったのに、急にあたたかな光が差しこんできた。

「ついたわね」

おようが言った。
さほど長い石段ではないが、身重だから気を遣う。
「よし、お参りだ」
千吉が両手を軽く打ち合わせた。
「うん」
おようも続く。
願いごとはいろいろあった。
万吉の弟か妹が無事生まれますように。
まずはそれが大事だ。
母のおようにも障りがないように、よくよくお願いしておいた。
万吉がつつがなく育ちますように。
病気をしませんように。

次に、それを願った。

熱を出したことはあるが、いまのところ大きな病には罹(かか)っていない。この先も、どうか無事に育ってほしい。

そう願わざるをえなかった。

家内が安全で無事楽しく暮らせますように。

猫たちが病気しませんように。

みな長生きしますように。

今年はしょうがなくなったし、老猫のゆきもいる。

それも出世不動にお願いしておいた。

「あきないのこともお願いしないと」

千吉がふと気づいたように言った。

「そうね。肝心なことだから」

おようが笑みを浮かべた。

のどか屋がますます繁盛しますように。

料理の腕が上がりますように。

お客さんが喜んでくださいますように。

のどか屋の常連さんにも福が来ますように。


願いごとは数珠（じゅず）つなぎで次々に浮かんできた。

「なんだかきりがないけど、江戸の泰平（たいへい）もお願いしておこう」

千吉はさらに両手を合わせた。

「災いがあったら大変だから」

おようも続く。


江戸に災いが起きませんように。

火事や地震、大あらしやはやり病。

そういった災いで泣く人が出ませんように。

みな楽しく、おいしいものを食べて暮らしていけますように。

どうかよろしゅうお願いいたします。

千吉は最後にそう願った。

「これでよし」

のどか屋の二代目は両手を放した。

「わたしもいっぱいお願いした」

若おかみが笑った。

その横顔を、さらに濃くなってきた日の光が悦ばしく照らした。

[参考文献一覧]

畑耕一郎『プロのためのわかりやすい日本料理』(柴田書店)
野﨑洋光『和のおかず決定版』(世界文化社)
おいしい和食の会編『和のおかず【決定版】』(家の光協会)
『一流板前が手ほどきする人気の日本料理』(世界文化社)
『人気の日本料理2 一流板前が手ほどきする春夏秋冬の日本料理』(世界文化社)
『一流料理長の和食宝典』(世界文化社)
田中博敏『お通し前菜便利集』(柴田書店)
田中博敏『旬ごはんとごはんがわり』(柴田書店)
土井勝『日本のおかず五〇〇選』(テレビ朝日事業局出版部)
鈴木登紀子『手作り和食工房』(グラフ社)
志の島忠『割烹選書 秋の料理』(婦人画報社)

料理・志の島忠、撮影・佐伯義勝『野菜の料理』（小学館）
『潮来町史』（潮来町役場）
『復元・江戸情報地図』（朝日新聞社）
日置英剛編『新国史大年表　五－Ⅱ』（国書刊行会）
今井金吾校訂『定本武江年表』（ちくま学芸文庫）

（ウェブサイト）
農林水産省
全豆連
ヤマキ株式会社
マルイチ産商

二見時代小説文庫

潮来舟唄（いたこふなうた） 小料理のどか屋（こりょうりのどかや） 人情帖（にんじょうちょう）35

二〇二二年 七 月二十五日 初版発行

著者 倉阪鬼一郎（くらさかきいちろう）

発行所 株式会社 二見書房
〒一〇一-八四〇五
東京都千代田区神田三崎町二-一八-一一
電話 〇三-三五一五-二三一一［営業］
〇三-三五一五-二三一三［編集］
振替 〇〇一七〇-四-二六三九

印刷 株式会社 堀内印刷所
製本 株式会社 村上製本所

落丁・乱丁本はお取り替えいたします。定価は、カバーに表示してあります。

 ISBN978-4-576-22094-9
https://www.futami.co.jp/

倉阪鬼一郎

小料理のどか屋 人情帖 シリーズ

以下続刊

剣を包丁に持ち替えた市井の料理人・時吉。
のどか屋の小料理が人々の心をほっこり温める。

①人生の一椀
②倖せの一膳
③結び豆腐
④手毬寿司
⑤雪花菜飯（きらずめし）
⑥面影汁
⑦命のたれ
⑧夢のれん
⑨味の船
⑩希望粥（のぞみがゆ）
⑪心あかり
⑫江戸は負けず
⑬ほっこり宿
⑭江戸前 祝い膳

⑮ここで生きる
⑯天保つむぎ糸
⑰ほまれの指
⑱走れ、千吉
⑲京なさけ
⑳きずな酒
㉑あっぱれ街道
㉒江戸ねこ日和
㉓兄さんの味
㉔風は西から
㉕千吉の初恋
㉖親子の十手
㉗十五の花板（はないた）
㉘風の二代目

㉙若おかみの夏
㉚新春新婚（にいめとり）
㉛江戸早指南（はやしなん）
㉜幸（さち）くらべ
㉝三代目誕生
㉞料理春秋
㉟潮来（いたこ）舟唄

麻倉一矢

剣客大名 柳生俊平 シリーズ

以下続刊

① 剣客大名 柳生俊平(としひら) 将軍の影目付
② 赤鬚の乱
③ 海賊大名
④ 女弁慶
⑤ 象耳(ぞうみみ)公方
⑥ 御前試合
⑦ 将軍の秘姫(ひめ)
⑧ 抜け荷大名
⑨ 黄金の市
⑩ 御三卿(ごさんきょう)の乱
⑪ 尾張の虎
⑫ 百万石の賭け
⑬ 陰富大名
⑭ 琉球の舞姫
⑮ 愉悦の大橋
⑯ 龍王の譜
⑰ カピタンの銃
⑱ 浮世絵の女
⑲ 八咫烏(やたがらす)の罠

徳川家御一門である久松松平家の越後高田藩主の十一男は将軍家剣術指南役の柳生家一万石の第六代藩主となった。実在の大名の痛快な物語！